在文学中成长

中国当代教育文学精选

主编：高长梅　王培静

爱的另一种方式

厉周吉　著

花山文艺出版社

图书在版编目(CIP)数据

爱的另一种方式 / 厉周吉著.—石家庄：花山文艺出版社，2013.12(2021.5 重印)

（读·品·悟：在文学中成长·中国当代教育文学精选 / 高长梅，王培静主编）

ISBN 978-7-5511-1519-3

Ⅰ.①爱… Ⅱ.①厉… Ⅲ.①散文集 – 中国 – 当代 Ⅳ.①I267

中国版本图书馆 CIP 数据核字（2013）第 259018 号

丛 书 名：在文学中成长·中国当代教育文学精选

主　　编：高长梅　王培静

书　　名：**爱的另一种方式**

作　　者：厉周吉

策　　划：张采鑫

责任编辑：郝卫国

责任校对：齐　欣

特约编辑：李文生

全案设计：北京九洲鼎图书有限公司

出版发行：花山文艺出版社（邮政编码：050061）

　　　　　（河北省石家庄市友谊北大街 330 号）

销售热线：0311-88643221

传　　真：0311-88643234

印　　刷：永清县晔盛亚胶印有限公司

经　　销：新华书店

开　　本：710×1000　1/16

字　　数：120 千字

印　　张：9.5

版　　次：2014 年 1 月第 1 版

　　　　　2021 年 5 月第 3 次印刷

书　　号：ISBN 978-7-5511-1519-3

定　　价：38.00 元

CONTENTS

目录

第一辑　校园内外

002　最远的捷径

004　放下就是轻松

006　放弃了天空,收获了海洋

009　激活人生

011　没有任何借口

014　空白试卷

016　绽放的红裙子

018　你要勇敢地看着我

021　女儿的纸条

023　爱的另一种方式

025　谁欠教育

028　校园里的新规定

030　方向

032　秘密

034　壮举

第二辑 时间感动

040 爱的期待

043 母亲的良苦用心

045 害怕冷了善良的心

047 虎子的世界

050 教授与民工

052 老人与枕头

055 母亲的密码

057 民工的另类生存方式

059 怕你担心

062 傻子的爱情

065 女儿的舌兰花

067 送你一座鹊桥

070 孙光明遗事

072 一斤灯油的爱情

075 糖浆

CONTENTS

目录

第三辑 人生百味

078 抽烟的母亲

080 别被最爱所伤

083 猜灯谜

085 10平方米房间里的飞翔

088 第N次失手

091 积水上的乐园

093 考研的农民工

096 猫头鹰的歌咏比赛

098 最好的名字

101 诗人爱情

104 谁落伍了

106 网店犹如爱情

109 笑容如花

112 老赵

114 医院中的姐妹

117 咫尺天涯

第四辑　社会万象

122　我也要朝活

124　最时尚的猪

126　复活

129　千年灵树

131　将军岭

134　雷专家鉴宝

136　网购是一堂深奥的课

138　无处不在的侦察员

141　无人知道的善举

第一辑

校园内外

最远的捷径

在学校里,兰黛和张荔是一对形影不离的好朋友,她们不但长得漂亮,而且都擅长歌舞,每次班里举行活动,她们两人都是最耀眼的明星。然而她们的文化课的基础都不怎么好,在升学竞争残酷的现实中,如果单凭文化课升学,她们都没有多大优势。

高二那年,音乐教师建议她们学音乐,还说,这么好的基础,不学音乐可惜了。她们考虑再三,觉得自己喜欢音乐,而且也许会更容易升学,就都学了音乐。

兰黛先天条件更好些,练功也认真,水平就比张荔高了许多。按照惯例,高三上学期,音乐生多数都出去接受辅导,据说辅导教师多数都是大学教师,由于老师水平高,简单指导一下,就能使被指导者脱胎换骨,但是辅导费却非常昂贵。

张荔自然要出去学习,他父亲是卡车司机,家中虽说不怎么富有,但是在孩子学习的事上,还是舍得投入的。兰黛却没有出去学习,因为家里穷,拿不起那么高的辅导费。

专业考试后,张荔拿到了好几个学校的艺术合格证,并且多数学校的专业名次都比较靠前,应该是有效的名次。兰黛却只拿到了一个,并且专业名次还非常低。后来,张荔顺利被一所名牌艺校录取,兰黛虽说文化课考得很好,但是那所学校是按照专业课成绩的高低进行录取的,所以她只能独自躲在家里抹眼泪。

这天,张荔找兰黛玩,张荔问起她以后的打算,兰黛长叹一声说,还能怎样,只能复读呗,我实在无法放弃上大学的梦想。张荔劝兰黛复读的时候,无论多困难也要外出学习一下。

兰黛说,在学校里,学好了,不也一样吗?

张荔说,那可不一样。我能考上,你却考不上,你认为我出去接受了几天辅导,水平就真提高了!

不是真提高了,为什么你能考上,我却考不上?

那不都是因为潜规则吗?具体情况,也不用我说,到时你就知道了。听我的没错,出去找名师辅导辅导,尤其是找高校的教师辅导一下,你肯定能考上非常理想的学校,不过学费实在是贵呀,有的教师每小时的辅导费就得上千元,不过事实证明,这钱花得值。不然,明年你的专业成绩照样很难拿到优秀!

兰黛圆睁了美丽的双眼。

新学期开始,兰黛流着泪,去复读。

只是没再学艺术。

一年之后,她凭着很高的文化课成绩被一所普通院校录取。

4年后,兰黛大学毕业。那时,一家省级电视台正在组织一次大型的选秀活动,兰黛凭借其动人的歌喉和丰富的艺术知识,征服了评委,也征服了观众,于是脱颖而出,并在这家电视台担任了一个综艺节目的主持人,她自然的主持风格很受群众欢迎,她的美妙歌喉引来了无数粉丝。

早已毕业一年多的张荔,却依旧为找工作四处奔波……

放下就是轻松

晓民是高二（3）班非常优秀的学生之一，他成绩好，乐于助人，肯为其他同学和班里做事，一直以来，张老师都是把他当成班里的标兵宣传。可是这些日子，张老师发现晓民的成绩直线下滑，在班里的表现也与以前大不相同。张老师想知道原因，就多次跟晓民谈话，可是晓民却一直说没有任何问题，可是凭直觉，张老师觉得晓民一定有什么特殊情况。

"老师，我想退学！"这天，晓民走进办公室对张老师说。

"你这么优秀！怎么能退学呢？说说看，到底是什么原因？"张老师耐心地问。

"我退学的原因你能不知道？你这不是故意让我难堪吗？请你不要刺激我了好不好！"晓民忽然非常生气地说。

那天张老师虽然劝说了很久，但是晓民却非常固执地坚持要退学，没有办法，张老师同意晓民暂时回家休息三天，再慎重考虑一下。

晓民回家后的第二天，张老师就来到了晓民家所在的村庄。那是一个离县城30多里路的小山村，因为第一次到这个村庄，张老师不知道晓民家住在哪里，就到村口的一户人家中打听。

你到他家干什么，他父亲这几天刚被抓进了看守所。那户人家的家庭主妇告诉他，他急忙打听具体原因，原来他的父亲因为与村主任闹矛盾，一时情绪失控，把村主任打伤了，村主任报案后，就被抓进了看守所。

不用说，晓民就是因为这个原因才要辍学的，那么怎么说服晓民，让他重新回到学校呢？张老师思索很久，还是决定暂时先不去晓民家，等他返校之后再设法说服他。

三天之后，晓民重新回到了学校。当然他还是坚持要退学，张老师没有直接劝说他，而是给他讲了一个故事：从前有一个富翁携着许多金银财宝，到远处去寻找快乐。可是走过了千山万水，也未能寻找到快乐。有一天他沮丧地坐在山道旁，看到一农夫背着一大捆柴草从山上走下来，富翁便对农夫说："我很有钱，有很多金银珠宝，是个令人羡慕的富翁。可我为何找不到快乐呢？"

农夫放下沉甸甸的柴草，舒心地揩着汗水："快乐也很简单，放下就是快乐啊！"富翁反复思索，顿时开悟：自己背负那么重的珠宝，老怕别人抢，总怕别人暗害，整日忧心忡忡，快乐从何而来？于是富翁将珠宝、钱财接济穷人，专做善事，慈悲为怀。这样滋润了他的心灵，他也尝到了舒心快乐的滋味。

知道我给你讲这个故事的最终目的吗？张老师说，表面上看，我所讲的故事也许与你内心所纠结的问题是不一致的，但是道理却是相同的，放下就是快乐。其实，没有什么东西不可以放下，请相信生活也许不会像你想的那样，如果有些事你害怕让别人知道，其实别人本来就不知道，即便知道了，别人也会理解的。只要你认真学习，将来考上理想的学校，找到理想的工作，一切都好说。

在张老师的不断开导下，晓民终于说出了自己想退学的原因，那就是他总觉得别人在背后讥笑他，讥笑他有一个被抓进看守所的父亲。其实，事情显然并不是这样的，几乎所有同学都不知道这件事情，再说，即便有人知道了，谁又会讥笑他呢！

最后,晓民终于同意继续上学,那个学期期末考试时,晓民考出了非常理想的成绩。

放弃了天空,收获了海洋

山村贫穷闭塞,却出漂亮姑娘,紫涵就是其中一个。从很小,村人就夸她是美人坯子,长到十几岁,越发出落得清丽动人。紫涵不但人长得好,还擅长歌舞,别说现成歌曲,就连随口哼一下也有滋有味。

只可惜山村贫穷,交通又不便,上完高中的就很少了,能上大学的更是凤毛麟角。紫涵家庭经济更困难些,虽说她的父母只有这么一个孩子,但是这些年她母亲身体一直不好。本来嘛,初中毕业父母就打算让她出去打工,可她就是不肯,于是继续上高中,好在这些年国家对贫困生补贴不少,再加上乡亲们的帮助,她硬是把高中上了下来。

高考那年,紫涵非常顺利地考取了某音乐学院,但巨额学费却把她愁坏了,紫涵父母虽说做过许多努力,凑的那点钱却不过是杯水车薪。后来,紫涵含着泪把录取通知书压到了箱底,和别的姑娘一样坐上了南下的列车。紫涵一去就是三年有余,这期间她虽然坚持给家中寄钱,但从未回过家。

紫涵母亲问她干什么工作,紫涵始终不说,紫涵母亲打听别的姑娘,她们也都说不知道。有人说紫涵长那么漂亮,到了大城市,肯定会和一般漂亮姑娘那样从事特殊职业,紫涵母亲不相信别人的谣言,但又找不到反驳的证据,也就只能任人嚼舌。

这年秋天,紫涵父亲打电话说她母亲病重,特别想见她。紫涵说暂时脱不开身,并问过几天再回家行不行,紫涵父亲犹豫了一会,最终还是同意了。十几天之后,紫涵风尘仆仆地赶回家中,却发现母亲已经过世了。

她扔掉背包,跑向坟场,扑在母亲坟上大哭不止。不知什么时候,紫涵父亲来了。他说,我和你娘没本事,对不住你,可你怎么就忍心不回家见你娘最后一面呢? 紫涵说我心里何尝不着急呢? 可是实在脱不开身。

听紫涵这么一说,紫涵父亲忽然咆哮起来,你这么说,怎么对得住你娘的在天之灵! 你到底忙什么,全村人都在电视上看到了! 你可知道,你欢天喜地地跑到舞台上给那个小白脸献花时,你母亲正挣扎在生死线上!

回家后,紫涵就病了。她高烧不退,不省人事,一躺就是数天。

当她醒来时看着床前的鲜花非常吃惊。紫涵父亲说是她的同事送来的,紫涵父亲一边说着,一边不住地抽着旱烟,最后在地上磕了磕烟锅说:"你若是想走,就走吧! 到外面要学会照顾自己!" 紫涵呆呆地看着父亲,实在弄不明白父亲的态度为什么一下转变了这么多。

原来紫涵的同事来看紫涵时说出了真实情况:她们在一家公司当职业粉丝并签了合同,公司规定职业秘密不许外传。那些日子紫涵所支持的那位歌星正巧有一些重要的比赛项目,作为职业粉丝,那些时候是必须到场的。

紫涵痛苦地说:"你怎么不告诉我母亲病危呢? 否则,无论如何我也要赶回来。" 紫涵父亲说:"当时我也想告诉你,可是你母亲怕你着急就制止了我,当时你母亲不住地说着你的名字,就是到最后也是睁着眼睛

啊！"紫涵父亲一边说一边重新装上一袋烟。

紫涵再次跌跌撞撞地跑向母亲的坟前，跪在那里，热泪横流。那时侯，季节上虽然刚过中秋不久，但紫涵却觉得寒风彻骨，仿佛早已是深冬了。

当她红着眼睛回到家里，父亲安慰了她一会说："孩子，你虽然对你娘不住，但信守合同也是对的。去吧！你的同事还等着你呢！"紫涵哭着说："我的合同已经到期了，我再也不走了，我要在家好好陪你！再说，在家里不也同样也可以创业吗！"

紫涵父亲紧紧地抱着女儿，一瞬间老泪纵横。流过泪，紫涵父亲还是坚持要让她出去，还说自己已经影响女儿的前途了，不想继续影响孩子发展。

紫涵笑着说："前几天，读过一则小故事，觉得很有意思，我讲给你听听吧。传说企鹅以前是会飞的。有一只母企鹅因为翅膀短小飞不起来。后来气候巨变，大部分企鹅飞走了，有一只公企鹅决定留下来陪她。为了找吃的，它们学习游泳。经过无数次努力，它们终于学会在海中觅食。多年后它们坐在海边，她说：对不起，为了我，让你放弃了天空。他说：没关系，有了你，我才收获了海洋。这个故事告诉我们，放弃了天空，一定能够收获海洋。所以你根本不必为我感到难过，在家里我照样可以创业。"

果然，半年后，县里搞乡村旅游开发，寻找形象代言，紫涵脱颖而出，毫无悬念地成为本地的形象代言。如今紫涵正在省城接受培训，准备回家后干一番大事业呢！

激活人生

"你是晓军家长吗？我是吕城市东城派出所的，你的孩子在这里，请你抓紧时间来一趟！"电话那头的民警用一种硬邦邦的语气说。

"怎么了？我的孩子怎么了？他怎么会在你们那里？"国威急忙问道。

"没有什么大问题，你过来就知道了。"电话那头的民警说。

放下电话，国威吃惊不小，他在电话机前木木地站了好几分钟。

晓军是国威的儿子，今年16岁，学习不认真也就罢了，还上网、打架、抽烟、谈恋爱，几乎一个差生能犯的错误他都犯过，也正是因为这些，他高中刚上不到一年就被学校劝退了。几个月前，他把晓军送到了一所专门转化问题学生的学校，一开始他觉得很省心，想不到现在连派出所都惊动了。孩子到底惹下了什么祸呢？国威越想越害怕。

"爸爸，我再也不去上学了。否则，我非得被打死不可！"晓军一见到国威就气吼吼地说。

"你要是服从管理，学校还会打你吗？"国威也生气地说。

"我就是不服从管理！我就是不上学了！我有我的自由！"晓军更加生气了。

"再顶嘴，看我不揍你！"国威扬起巴掌就要打他。

"你们父子呀！怎么一见面就吵上了。教育孩子要注意方式和方法,光靠打是不行的,孩子挨打已经不少了。"派出所的一位民警急忙上前劝阻。

原来,和晓军一起来到派出所的还有另外一个男孩,他们是不堪忍受老师的体罚从学校里逃出来并且报警的。国威看了看两个孩子,身上果然有很多伤疤。国威很心疼孩子,觉得学校做得太过分了。其实,把晓军送到学校时,自己就和学校签过允许对孩子进行体罚的合同,只是他没想到会打得这么厉害。

派出所问国威是否追究学校的责任,国威觉得学校的做法虽然不当,但也是为了孩子好,就决定不再追究。把晓军领回家后,国威正忧愁无比,忽然想起自己高中同学家的孩子也是个问题孩子,当时他给孩子选择的是另一所择差教育学校,不知道他的孩子现在情况如何了,于是就拨通了同学的电话。

"把孩子送到俊才学校吧！应该不错的。我的孩子现在已经好多了。"同学说。

听同学这么一说,国威阴霾的内心有了一线光亮。虽然说服晓军再去上学是件很困难的事,但在国威的一再劝说下,晓军还是勉强同意去试学一段时间。

刚到俊才学校,国威就明显地感到了这所学校的不同,因为学校希望家长随时来了解孩子的学习情况,即便是上课时间。

晓军入学后,国威最初每天都去看他,后来间隔的时间越来越长,他明显感觉到晓军的精神状态越来越好。国威向老师了解晓军的情况,老师也说晓军表现很好。他实在想不到晓军变化会这么大。

转眼两年时间过去了,晓军从俊才学校毕业后,很顺利地在一家网吧找到了工作。他的工作是网络陪练,工资是底薪加提成的那种,收入很不错。对儿子的职业,国威不太了解,但他知道儿子终于走上正道了。

当儿子把第一个月的工资拿回家时，国威激动得热泪盈眶。

这天，国威买了一份丰厚的礼品来到了晓军班主任张老师家。他简单介绍了一下晓军现在的情况后说，儿子能有今天，多亏了你们的教育，我感到不解的是你们用什么方法让如此难缠的他走上正道的？

张老师笑了笑说，孩子的转变主要是靠他自己。当然了，我们学校也起了一定作用。我们认为，很多学校的教育方式有些强人所难，那就是逼着孩子发展自己的短处。这样孩子难免会叛逆，甚至于反抗。我们正好相反，那就是最大限度地发展孩子的长处。晓军喜欢上网玩游戏，我们就在这方面引导并培养他，于是，我们成功了。其实，每个孩子都有自己的闪光点，激活孩子的闪光点，让它照亮孩子的整个人生，这就是我们的努力方向。

没有任何借口

"爸爸，在七中我实在受够了！我想到实验中学去借读。"闫伟扔下书包，一屁股坐到沙发上说。

"又要借读？你不是说这个学校不错吗？"闫涛既吃惊又生气。

"那是刚开始我对这个学校不了解！"闫伟振振有词。

"这所学校怎么不好了？"闫涛耐心地问。

"这所学校老师授课水平低，教学方法落后，考试和课外作业特别

多……"闫伟说。

其实闫涛心里清楚,问题一定出在孩子身上,儿子今年上高一,不到一年时间,已经转过两次学。一开始他在三中上,三中是一所重点培养艺术生的学校,闫伟没有什么特长,一直要到别的学校借读,自己就托人把他转到了五中。到五中三个月后,儿子又以和同学闹了矛盾为由,再次提出转学。于是自己再次托人把他转到七中,想不到到七中才两个月,儿子再次要求到别的学校借读。

本来他想给孩子最好的发展条件,尤其在教育上。现在看来,原来遇事不从孩子身上找问题的做法是绝对错误的。于是他灵机一动,就想出个主意来。

"我托人尽快给办,但实验中学门槛高,不可能很快就能办成,怎么也得两三个月。我有一个条件,转学前,你必须好好学习,不能违反纪律,在这几个月的月考中,你必须每个月至少提高三个名次,否则我就不给你办借读了。"

"两三个月,时间太长了!我连一天都受不了了!"闫伟说。

"你以为学校是我们家办的吗,说去哪里就去哪里?别说两三个月,半年都有可能办不好。好了,不要讨价还价了,你给我记好了,办借读的这段时间里,你一定要好好学习,不能违反任何纪律,否则实验中学会认为你是因为违反纪律才办借读的,那样就一点希望也没有了!"

以后一个多月的时间里,闫伟多次问起借读的事,闫涛说自己正在努力,并一再提醒闫伟要好好学习。闫伟因为看到了希望,学习起来很有劲头,在一个月后的月考中,提高了五个名次。闫涛狠狠地表扬了儿子一顿,特地领着孩子到饭店吃了一顿。

吃饭过程中,闫涛问儿子是怎样克服困难取得这么大的进步的,儿子笑着说:"为了能够顺利转学,我尽了自己最大的努力去学习!"

转眼又一个月过去了,借读的事依旧没有办好。在月末的考试中,闫伟又提高了五个名次。

当闫伟拿着成绩单让父亲看时，闫涛非常高兴地说："你想过没有，这两个月你取得了自上初中以来最大的进步，你能总结一下进步的原因吗？"

"我一直想，反正我就要转到最好的学校了，不管老师的要求多么不合理，我都严格按照老师的要求来做，虽然我对老师有意见，我还是想给他们留下点好印象。当然了，最主要的，我想为新学校的生活开一个好头！"闫伟说。

"你能这么想，我就放心了，实验中学分管教学的副校长在外面学习，只有等他回来，才能决定，所以我们还要再等一段时间。"闫涛说。

"爸爸！借读的事如果实在有困难，就算了吧！我想不转学了，因为我现在基本适应这所学校的一切了！"这天，闫伟小心翼翼地说。

"真的？我儿子真是太棒了！你知道吗？其实我根本没有给你办借读，我就是想通过这种方式，让你提高成绩并认识到自己的问题。通过这几个月你取得的进步来看，你完全能够在七中继续提高自己的成绩。其实生活中很多事情都是这样的，改变环境也许暂时能解决一些问题，但是很多事情的根本解决措施还在于改变自己，一个人只有不再一味寻找借口，一味地埋怨周围的人和环境，才能够更客观地思考自身存在的问题，因为在多数情况下，问题出是在我们自己身上……"

儿子认真地点了点头。闫涛把儿子一下拥进了怀里。

空白试卷

考场里非常安静。

大家都在焦急地等待着考官的到来。

今天考什么呢？蔡军的大脑紧张地运转着。

蔡军是一个大四学生。大四了，学校对上课要求已经不怎么严格了，他甚至干脆脱离学校，整天为找工作而奔忙，但是，找个理想的工作实在太难了，于是他天天奔走在希望与失望的边缘。

每次应聘失败，他都会总结失败的教训，然后充满信心地参加下一次应聘，可是等待他的往往还是失败，因为用人单位的考试方式早就变了，所以他越考越没有信心，为此，他甚至暗骂用人单位缺德。

再过10分钟就要考试了，今天考什么呢？不会考试已经结束了吧！他在进入考场前特别注意过，基本没有异常情况，除了在考场门口有一块小纸片。当时，他刚发现纸片就迅速扑了上去，想不到旁边的好几个人也同时扑去，于是几颗脑袋一下撞到了一起，现在他的头摸上去还隐隐作痛。不过最终还是他拿到了纸片，如果那就是考试，他今天肯定过关了。想到这里，蔡军不禁暗自高兴起来。

两位考官终于走了进来。他们强调了一下纪律就把试卷发了下来。大家都面面相觑，因为他们每人拿到的都是一张空白试卷。

为什么是白纸而不是写满考题的试卷呢？

一位年长的考官说："今天的考试很简单，就是每个人都写一份自我介绍。"

"我们不是早把自我介绍交给你们了吗？"一位考生禁不住问。

"对啊！大家的自我介绍都很好，我也很喜欢，只是不知道大家现在还能不能写得和原来的一样好？或者说，这次考试的标准答案就是你们已经交上来的自我介绍，谁能准确地写出来，谁就得满分。"

蔡军实在想不到会考这个，其实这个题目不能算是刁钻，但是对蔡军而言实在太难了，因为他的自我介绍是一年之前花了300元钱请人写的，拿到自我介绍后，他读了几遍，但仅仅是几遍而已，现在要叫他默写出来，那简直比登天还难。

蔡军抓耳挠腮，实在不知怎么办才好。他朝周围看了看，结果发现多数人也都在发呆。只有窗外的知了依旧在没完没了地欢快地叫着。

很快，考试就结束了，考官一边收试卷，一边意味深长地说："都说单位用人条件苛刻，但是你们怎么就不反思一下自己的问题呢！不就是让你们写个自我介绍吗？有这么难吗？我知道现在大学生懒惰，连自我介绍也得请人写，但是你就不能灵活一点，重新写一份吗？其实我们不管你原来的自我介绍怎么样，就看你现在写的质量如何。如果你基本交了白卷，那说明你平时比较懒惰或不够自信，遇事又缺乏变通不够灵活，那样，你凭什么在激烈的社会竞争中立稳脚跟呢？"

不用说，蔡军又失败了，虽然他对这份工作梦寐以求。这次失败对蔡军打击很大，考官的一番话对他的触动也很深。

通过这次面试，他悟出了一点道理，那就是用人单位的考试形式虽然千奇百怪，但最终目的都是看你有没有良好的素质。原来他虽然也做过很多努力，但那些所谓努力，多数都是单纯为面试而应付，并没有从根本上提高自身素质。于是他重新回到了学校，认认真真地学习起专业知识来。半年之后，他终于顺利地找到了一份满意的工作。

绽放的红裙子

今年夏天,校园流行红裙子,可是琳琳没有,琳琳甚至连一条裙子都没有。每当琳琳的同学在琳琳面前炫耀她们鲜亮的红裙子时,琳琳总是装作不屑一顾,其实,琳琳非常羡慕她们,她是多么希望自己有一条红裙子呀!

琳琳的父母一直在外面打工,可是几乎拿不回家钱,琳琳平时跟奶奶一起生活,每年春天,父母出去打工之前,给他们留下的钱仅能维持他们的最基本开支,根本没有钱买裙子,琳琳知道这些,她从来不向奶奶提过分的要求。

琳琳今年 13 岁,奶奶今年 68 岁,奶奶身体不好,背驼得很厉害,尤其是一到阴雨天,就浑身疼痛难忍,虽然这样,奶奶还得种好几亩地。每天放学回家,琳琳都是尽快完成作业,然后帮奶奶干些力所能及的活。

这天,琳琳放学回家,看见奶奶倒在院子里的柴草上呕吐不止,琳琳急忙扔下书包问奶奶怎么了,奶奶说自己头疼厉害,恶心不止。琳琳问奶奶是否需要吃药,奶奶说再坚持一会,也许就好了。奶奶说完,再次呕吐起来。琳琳实在不知怎么办才好,等奶奶呕吐暂时停止,她急忙跑到屋里倒了一碗水,奶奶接过水说,琳琳真懂事……

奶奶还没说完,又一次剧烈地呕吐起来,那只盛着水的碗也从奶奶手中滑落，"啪"的一声跌碎在地上。琳琳抱着奶奶不知所措地哭了起来。

眼看天就要黑了，奶奶才从上衣口袋中艰难地摸出手机，交给琳琳。琳琳知道奶奶的意思，急忙拨打了父亲的电话，可是父亲关机，琳琳只得拨打母亲的电话，好在通了。

琳琳父母赶回来的时候，已经是下半夜了，这之前，村里的医生已经给奶奶打上针了，奶奶虽然不再呕吐，但依旧头疼得厉害。

医生建议他们抓紧去县医院，琳琳父亲面露难色地说，那得花多少钱，这几百块钱还是借了好几位工友才凑齐的。于是他们就把奶奶送到了乡里的医院。在乡镇医院检查到第二天中午，结论是最好到县医院治疗，他们只得转院，来到县医院时，奶奶几乎连说话的力气都没有了，县医院的医生非常生气，质问他们为什么不早来。因为错过了最佳治疗时间，奶奶出院后走路更加艰难。

赚钱那么少，何必再去那里，再换个地方，兴许强些！这天，琳琳父母又要出去了，奶奶对琳琳父母说。老板拖欠了我们好几年的工钱呢！要是不去，他更不会给了。琳琳爸一边说，一边非常郁闷地抽着旱烟。

爸爸，等你们发工钱了，多带回点钱，我想买条红裙子！琳琳犹豫了好久说。你不是有裤子吗！买什么裙子，你以为我们赚钱容易呀！琳琳刚说完，妈妈就生气地说。琳琳立刻扑到奶奶怀里哭了起来。好的，好的，别哭了！等我们下次来的时候，不管发没发工钱，一定给你买一条漂亮的红裙子还不行吗？看见琳琳不停地哭泣，妈妈只得安慰琳琳。

父母走后，琳琳一直盼望父母能够尽快回来，可是琳琳从盛夏盼到中秋，又从中秋盼到冬至，父母依旧没有回来。琳琳也不再奢望父母能够给她带回一条红裙子，只要父母能够回趟家，她就心满意足了。可是就连那年春节，父母也没有回家。

春节过后，琳琳家突然来了几位身着便衣的警察，他们向琳琳奶奶出示了证件后，就开始在家里不停地搜查。临走前，一位叔叔给了琳琳

一个方便袋,方便袋里有一条非常漂亮的红裙子,那位叔叔说,是她妈妈带给她的。琳琳急忙问妈妈在哪里,那位叔叔说不知道,接着就离开了。琳琳知道父母应该出事了,但到底是什么事,她猜不到。琳琳到邻居家打听父母的情况,他们也不知道。

几个月以后村里人才知道琳琳父母的情况,他们从电视上看到琳琳父母一年前开始贩毒,并积累了上千万资金,因为担心花钱引起别人注意,所以把钱全部囤积在自己租的几处楼房里。直到被抓,他们几乎没花一分钱。

父母出现在电视上的事,琳琳不可能知道,她家没有电视,当然也不会有人对琳琳说。只有奶奶经常告诉她,他们到一个很远很远的地方去打工去了,等他们回来时一定会带回很多钱,那时他们就富裕了,就幸福了。

每当这时,琳琳总会很庄重地穿上那条红裙子,在院子里欢快地跳起舞来。琳琳的舞姿很优美,每当她快速地旋转起来,裙子会像牡丹般绚丽绽放,好看极了。

你要勇敢地看着我

"先生,帮我预测一下工作情况吧!"大学城附近的路边上,一位鹤发童颜的算命先生面前坐着一个衣着亮丽的女大学生。

算命先生须发斑白,精神矍铄,骨子里透出一股逼人的英气。女大学生虽然十分漂亮,但眉宇间充满了迷茫,言谈举止间流露出一些疲惫与忧伤。

"找工作并不困难,前提是先把自己的事做好。譬如你现在就不够自信,这样,即便你有超人的能力,也很难找到工作。"算命先生说。

"您说得太对了!本来,我是非常有信心的,是一次次的失败把我弄成这样。你认为我还有什么问题?"

算命先生直直地盯着女大学生看了好一会,直盯得她把眼神飘向路边来来往往的同样有些迷茫的大学生身上。"你的眼神不对,你要勇敢地看着我。因为负责招聘的多数都是男子,如果你连面对他们的勇气都没有,你就无法展示你的能力。"

女大学生觉得算命先生说得在理,就要求他为自己测算命运,算命先生欣然答应,摇头晃脑地说起来。

"我怎么知道您算得准不准呢?或者说,即便您是在蒙我,我也不知道啊!"女大学生有些怀疑地说。

"您看我是那样的人吗?我一个年过半百的人怎么好意思骗你!"算命先生辩解道。

"谁会承认自己是骗子呢!这样吧,你如果能够算出我找你算命的真实目的,我就饶了你,否则,我不但不给你钱,还要向你讨个说法!"女大学生半嗔半笑地说。

"算了!算了!不要你钱了,还不行吗?"算命先生草草收拾一下东西,站起来,撒腿就跑。

看见那位女子并没有追赶,算命先生跑出一段路后稍稍松了一口气,他刚准备歇息一会,旁边一位男子一把抓住了他。

原来,那个男子和刚才那个女大学生都是城管。现在大学生难就业,难免病急乱投医,纷纷找人算命,于是,大学城附近一下冒出许多算命先生来,城管也曾进行过多次清理,但他们很快就会卷土重来,于是,只能用这种方式进行更深入的整治。

来到城管局，算命先生低着头，一句话也不说。城管们正在纳闷，忽然发现他的胡须掉下一半来，不用说，他的白发也是假的，看来他真是骗子，于是就盘问起他的情况来。

算命先生只得如实交代了，原来他是个大学生，毕业后始终没找到工作，而他母亲最近又得了偏瘫，一直在外打工的父亲只得回家照顾母亲，这样，家中唯一的经济来源也断了。他为了挣钱给母亲治病才不得不做起了算命先生。

"其实，我并没有骗人，我是学古代文化的，对《周易》做过深入研究，还有上百次找工作的经历，让我指导大学生就业，比普通的算命先生强多了。"他最后说。

听完他的诉说，城管们一时不知怎么办才好，过了好一会，那位女城管说："你能猜出我的学历吗？"

"你能有什么学历！"算命先生非常不屑地说。

"我是名牌大学的研究生！你别不信，我可以给你看我的学历证书。"那位女城管说，"你要勇敢地看着我！毕业后，为了找工作，我走过很多弯路，后来我终于明白，现在的就业形势下，想找到工作，除了提高自身素质，还要转变就业思想，那就是脚踏实地、从最基层干起……"

虽然女城管一边分析，一边不停地让算命先生勇敢地看着自己，但他还是羞愧地低下了头。

女儿的纸条

这天下午，空中飘着细雨。临近放学，市实验中学的门口停了好多车辆、围着许多家长。一位衣着朴素但很整洁的中年妇女没有把伞撑开，她怕伞遮挡了她的视线，或者说她怕伞遮挡了她要等的女孩的视线，女孩叫紫铭，一个即将毕业的高三学生。

考试结束的哨声响过，学生们便陆陆续续地走出校门。很快，那名妇女就在人群中看到了稍显疲惫的紫铭。

"怎么又是你！我妈妈为什么不来？"一见面，紫铭就生气地说。

"有一个重要的客户要同她谈生意，办完事，你妈妈会立即回家的。"她撑开伞，打在女孩的头顶。

女孩显然不满意，坐上车的时候，依旧把头扭向窗外。不过那名妇女也没有再说什么，她知道女孩这时候需要安静。

刚结束的是全市统一组织的高三二轮模拟考试，女孩应该考得不理想。在这种情况下，父母的安慰对缓解孩子的压力是最有效的，可是紫铭父母经营着一个跨国公司，父亲常年在国外，母亲主持着国内部分，根本没时间照顾孩子，这项任务只能由她这个高考保姆来完成。

回到家中，她首先征求了紫铭的意见，然后到市场上去买菜。买回菜，她精心烹制了六个小菜。这几个菜荤素搭配，既有营养，又不油腻。眼看

就到了吃饭时间,紫铭母亲还没回来,她正在犹豫该不该吃饭,电话忽然响了起来,是紫铭母亲打来的,她说不用等她了,今晚她陪客户吃饭。

她放下电话,轻轻敲紫铭的门,敲了许久,紫铭还是不开门。她只得隔着门对紫铭做思想工作,目的是让紫铭认识到父母并不是不关心她,而是工作实在脱不开身。可是无论她说什么,紫铭都毫无反应。她轻轻推开门,走进卧室。原来,紫铭已经睡着了。

这孩子,太疲惫了!

她刚准备退出去,紫铭忽地从床上坐了起来,指着她,大吼道:"谁让你进来了! 连基本的礼貌都不懂,还冒充什么专家! 抓紧给我滚蛋!"

她大吃一惊!

虽然紫铭性格怪异,经常发脾气,要说这么激烈,还是第一次。对紫铭的不礼貌,她倒不怎么放在心上,因为自从担任紫铭的高考保姆以来,她已经从心底把紫铭看成自己的孩子了。她知道孩子把内心的郁闷发泄出来,比憋在心里强得多。

她相信自己有能力让孩子高高兴兴地吃饭,同时对明天的工作也有了更成熟的打算:分析考试不理想的原因;制定下一步的学习目标;增进孩子对家长的理解;增强学生应对高考的信心。

吃过晚饭,她又做了好长时间的工作才使紫铭平静下来,在她的要求下,她复习到 11 点左右就提前休息了。紫铭休息后,她一直呆呆地坐在客厅里,她没有开电视,怕影响紫铭休息。

夜半晨 1 点多,紫铭母亲才回家,她汇报了一下情况,就在紫铭母亲为她专门准备的卧室中休息了。第二天,紫铭母亲起床后,看了一眼还在酣睡的女儿,交代了一下就早早出门了。

不过这一天她的工作倒还顺利,她不但把紫铭的生活安排得井井有条,还做好了紫铭的思想工作,最后还抽空同紫铭到附近的商场选购了一些内衣和营养品。

下午，紫铭就得返校。返校时，紫铭显得信心百倍，刚到学校门口就和其他同学说笑着，看着紫铭那充满活力的背影渐渐融入校园之中，一种异样的感觉涌向她的心头。

她给紫铭母亲打了个电话，便坐上公交车，匆匆赶回位于郊外的家中。家中静悄悄的，她的内心有些失落。不过，她在桌子上发现了一张纸条："妈妈，你放心吧！我不会让你失望的！你身体不好，要注意休息！您的女儿。"

她知道这是女儿对她的回答。离家之前，她曾给女儿留了一张纸条。纸条是这样写的："女儿，这个周末，妈妈还是不能陪你，我必须出去挣钱。你知道，你很快就要上大学了，仅仅靠你父亲在外地打工是无法支付你和你哥哥的学费的。你要学会照顾自己。妈妈。"

今年，她的女儿也上高三。

爱的另一种方式

接近中午 11 点，春末的阳光灼热地照着，晒得人皮肤有些发痛。王娜骑着电动车在人流车缝间拐来拐去慢慢前进着。她骑车姿势很优雅，显得气定神闲、不急不躁。实际上，她内心相当焦灼，道路上聒噪无比的声音她仿佛一点也听不到，耳畔只是一遍遍回响着张老师的话。

你这孩子太难教了，我一直怀疑他的智力有问题，你最好带他去测

一下智商！张老师指着严超，很不客气地对她说。

我觉得没有必要，孩子的智力应该没问题。当时她这样辩解，但是连她自己都觉得辩解苍白无力。

要是没问题，成绩怎么会这么差？不学习也就罢了，更烦人的是天天捣乱，影响别人学习。

孩子他爸单位效益不好，我又没有固定工作，我们经济不宽裕……再次回忆起自己这些话，她感到自己的心在流血，拮据的生活已经使自己毫无颜面了，想不到自己的孩子也这么不争气。

再紧张，在孩子身上也要舍得投入呀！总不至于连这么点钱都没有吧！张老师满脸鄙夷的神情令她无地自容。

儿子严超现在上高一，不但对学习缺乏信心，而且经常违反纪律，成绩很差。为此，班主任张老师曾多次向她反映情况。可是她也没有办法，严超就是这样，你批评他，他当时非常听话，之后照旧我行我素。

老师让王娜带严超去做智商检测，王娜有很多顾虑，倘若检测出孩子智商确实有问题，那不是会对孩子脆弱心灵和今后发展有很大负面影响吗？她把严超领回家后，把他批评一顿，自己就出门了。她决定先去张教师给推荐的医院咨询一下情况。

她正准备挂号，手机忽然响了，她拿出手机一看，原来是张老师打来的，张老师首先问她是不是跟儿子在一起，然后告诉她，自己绞尽脑汁就是调动不起严超的学习积极性，让严超去做鉴定实际是想刺激一下他，他跟医院的那个医生熟，已经跟医生说好了，不管鉴定结果如何，都要求医生告诉严超他的智商很高，具有非常大的发展潜力，而鉴定结果医院本来就是只告诉家长的，所以这样既了解孩子又能鼓励孩子，做一下应该有好处。

王娜急忙问为什么不早告诉她，张老师说，如果早告诉了她，他担心她不一定能配合得那么好，因为他还想让严超觉得自己学习不认真，导致家长在老师面前也没有面子。这样也许能激活严超内心潜存的自尊和不服输的精神。他希望王娜能够原谅自己刚才对她的不尊重并支持他的做法。

听完老师的解释，王娜甚至有些不敢相信自己的耳朵，她实在不敢相信老师为了教育她不争气的孩子竟然肯动这么多脑筋，相比之下，她对孩子的教育方式却太单一了，这也许就是孩子不听话、不认真学习的主要原因吧！

两周之后，严超的智商测出来了，果然如老师所说，测完智商，医生高度表扬了严超。王娜也表扬了严超，并对他今后如何学习进行了耐心指导，张老师也对他做了很多工作，此后严超学习果然认真了许多。

这个学期转眼就结束了，放假这天，严超抱着一大摞崭新的书籍，满面春风地朝母亲跑来，说："我获得了班级进步奖，这些书是老师奖给我的，老师说这是班里从本学期才开始设的奖项，只奖给进步最快的学生！"

看着那摞崭新的书籍，王娜猛然觉得儿子的美好未来正一页页翻开，不禁心潮澎湃，久久难抑。

谁欠教育

一到冬天，上小学的女儿总是一遍遍地问我，什么时候下雪，因为下雪的话她就可以玩堆雪人打雪仗的游戏了。可是每个冬天的雪总是那

么少,即便偶尔下点也小得可怜,星星点点的雪花往往还没落到地面就已经融化了。

这年冬天,终于盼来了一场像样的大雪,地上的雪足有 30 多厘米。我刚把女儿从睡梦中叫醒,她就嚷嚷着下去玩,好不容易哄她吃过早饭,她便急切地投入了大雪的怀抱之中。

这天正好是周末。下午,我和妻子、岳母带着女儿到城里玩,一开始我的心情还不错,可是很快就高兴不起来了,因为女儿不停地要这要那,只要女儿开口,岳母便要付钱,妻子也争着付,而这些东西多数都是可买可不买的。我试图制止女儿,可她就是不听。

我悄悄对妻子和岳母说:"这孩子欠教育,你们这样做也不对,既浪费钱,又会惯坏孩子,从现在开始,我来付钱!"

从我开始付钱,情况就好多了,不管女儿要什么,我都和她进行一番辩论,结果多数以我的胜利而告终。

这时,有个卖气球的年轻人从我们面前走过,女儿问一个气球多少钱,他说 5 角钱,女儿说她想买一个,我说:"天这么冷,拿个气球多不方便,再说,你不是喜欢玩雪吗,拿着气球就没法玩雪了!"

女儿调皮地说:"你不会替我拿着吗?"

我说:"如果我帮你拿着,那你买它干什么?"

"我回家再玩啊!"

"家里还有好多气球啊!"

"家中的气球都不好玩了,我喜欢这个气球!"

"胡说!家中的气球和这些气球大同小异!"

"姥姥!姥姥!帮我买个气球好吗!"看到我实在不好说话,女儿就开始想别的办法。岳母刚要掏钱,我急忙制止了她。女儿"哇"的一声哭了起来。女儿从很小就会这招,当别人不能满足她的要求时,张口就哭,想不到现在还这样,我真想狠狠地教训她一顿。

岳母急忙哄她说："好孩子,别哭! 别哭! 姥姥给你买。"

我生气地说："不行,越哭越不买! 今天我非改改她的坏毛病不可! "

妻子瞪了我一眼说："平日也没见你教育孩子,天这么冷,倒教育起孩子来了! "

我本想狠狠地教训一顿女儿,转念一想,那样弄得岳母脸上也不好看,就妥协了,但我要求女儿绝对不能再随便要别的东西。女儿答应了。

当我们走到商场门口时,女儿拽了拽我的衣角说："爸爸! 那位老爷爷太可怜了,我想给他几角钱! "

"可是我没有零钱啊! "我不假思索地说。

"不对啊! 刚才我们从这儿经过的时候,你也说没有零钱,可是您买完气球后没再买别的东西,所以一定有 5 角零钱! "女儿瞪着亮晶晶的小眼,直直地盯着我。

"是吗,我再找找看! "我感到自己的脸一阵阵发烧,想不到女儿买气球是为了找点零钱给那位老人啊! 其实,我当时有 5 角钱,我用它买了气球,现在真的没有了。

我特别注意了一下那位老人。他佝偻着脊背跪在雪地上,破旧的棉袄露着灰黑色的棉絮,胡须如乱草般蓬乱,看上去至少有 70 多岁。他颤抖着又黑又瘦的手,不停地向路人磕头行礼,但面前的破旧茶缸里只有很少一点零钱。

我想:要是在女儿向我要钱时,我能够认真看一眼那位老人,也许就不会那么随便地一再撒谎,可是我为什么连一眼都不看呢?

我翻遍了所有口袋,还是没能找到零钱,妻子看出了我的窘相,急忙拿出两元硬币给了女儿,与此同时,狠狠地瞪了我一眼说："我看你才欠教育呢! "

我羞愧无比,急忙去看女儿。还好,女儿应该不会听到她妈妈的话,因为这时她正拿着硬币,一蹦一跳地朝老人跑去……

校园里的新规定

　　新学期开始,学校里出台了很多新规定,这些新规定对学生的要求比原来都严格了许多,包括学生在校期间必须穿校服,男生不能留长发,女生不能烫发、染发,还要求学生在校内不能带手机。这些规定一出台,就引起了学生们的强烈反对。

　　必须做通学生的思想工作,以后班级的其他工作才能正常开展,然而怎样让那些习惯了自由的学生认识到这些规定是对他们有好处的呢? 高二(6)班班主任赵老师有些头疼。赵老师是一个非常有教学和管理智慧的老师,他知道只要认真考虑,肯定能够找到解决问题的最佳办法。

　　这天是周末,赵老师在家陪刚上小学二年级的女儿做作业,女儿的铅笔突然断了,要他给削一下铅笔。不削不知道,一削,赵老师才发现这支铅笔表面上很好,可是里面的铅却很不好,削着削着就断了,赵老师不禁摇头。猛然间,赵老师心中想出了一条教育学生的最好方案。

　　第二天的班会课上,赵老师只带了一支可以用来画素描的 3B 铅笔,张老师拿着铅笔对学生说,这是一支 3B 铅笔,大家知道,用它可以画出很好的素描画。但是它要想画出一张漂亮的素描画,需要具备怎样的条件呢?

　　对这么简单的问题,学生有点不屑一顾,但是赵老师要求学生必须把需要具备的条件都说出来,学生们才陆陆续续地总结起来。

有的学生说,铅笔的铅必须好;有的学生说包裹在铅外面的木头必须好;也有的学生说,是否能够画出一幅漂亮的画,关键是拿着铅笔的手怎么样;也有的学生说,有一块好橡皮也是非常重要的……

等学生们说得差不多了,赵老师说,同学们总结得正确,但是都缺少一点高度,如果一支铅笔能够画出一幅漂亮的画比喻成人生的成功的话,那么成功需要具体什么条件呢?

这个问题显然就有一点难度了,学生们开始埋头思索。接着就陆陆续续地开始总结了。

要想成功,就不能过分自由,要允许别人对自己的束缚,要允许有一只手把自己握住。一个学生说。

你必须忍受刀削般的疼痛,因为这些痛苦是必需的,只有这样,你才能显露出自己的精华和核心,才能更好地工作。一个学生说。

不要过于执着,要承认你所犯的任何错误,即便别人全面否定了自己,也要勇敢重新开始。一个学生说。

穿上什么样的外衣不是最重要的,最重要的是你都要清楚一点,你最重要的部分总是在里面。一个学生说。

在你走过的任何地方,都必须留下不可磨灭的痕迹,不管是什么状态,你必须写下去。请相信,努力过,总会留下有意义的足迹。一个学生说。

赵老师对学生们的总结给予了充分的肯定,接着对学生说:"知道今天这节课的真正目的了吧?"

"知道了!我们会认真配合学校的新规定,老老实实地服从学校的管理!"同学生异口同声地说。

"这可是同学们自己说的,既然说了,一定要好好落实,不许反悔呀!"赵老师说着,脸上露出了满意的笑容。

方　向

　　从小幼儿园开始，肖进就喜欢画画。那时肖进才刚刚上中班，他的一幅铅笔画就在一次全市幼儿书画比赛中获了奖。从此肖进更喜欢画画了，他几乎把所有的业余时间都用在了画画上。

　　他除了买来学习画画的各种资料，认真学习。还报名参加了多个美术培训班。不用说，他的绘画基础已经很牢固了，然而除了那次获奖，他的画却始终没有正儿八经的获奖。

　　这让肖进非常苦闷。但是肖进不是那种没有恒心的学生，他发誓只要坚持努力，总会有成功的那一天。

　　进而高二，文化课的学习任务已经非常多了，同学们多数都把所有的时间和精力都用在了学习上，由于肖进学习画画用去了很多业余时间，他的文化课成绩明显落后很大。作为一个高中生，要想顺利拿到高中毕业文凭，必须全面发展，并且通过省里的学业水平考试才行，但是照这样下去，肖进能不能拿到高中毕业文凭都是一个未知数。

　　班主任张老师曾经对他做过多次工作，但是效果很差，肖进固执地认为坚持自己的梦想是对的。

　　张老师认识到不深入研究肖进的问题，就很难作通他的思想工作。为了给肖进更专业的指导，并准确了解肖进现在的绘画水平，张老师让肖进选了几幅自己觉得最满意的画作带着他找到了全市绘画水平最高的一名画家王金那里，让他对肖进的画作和今后的发展方向进行简单评估。王金看过那些画作之后，轻轻地摇了摇头说，看得出这些画作都很有功底，但是所有作品都缺少一幅画作最缺乏的东西，那就是灵性与创意。一幅作品如果没有创新与灵性，就像一个人没有灵魂一样，细节再美、再精致也无法成为一幅好作品。

自从自己的画作经过王金分析以后，肖进的情绪一直很低落。这天张老师对肖进讲了一个这样的寓言故事：

有一只麻雀，立志要高飞，天天苦练高飞本领，最后，终于如愿以偿。它甚至能像雄鹰一样在蓝天上自由地翱翔。其他麻雀非常羡慕它，纷纷向它询问高飞的好处，这只麻雀头头是道地讲述着。最后这只麻雀说，我想用事实证明，只要敢于梦想，麻雀也可以超越雄鹰。其他麻雀非常敬佩它，这只麻雀也觉得自己非常了不起，因此更加努力地学习着高飞的本领。

在一次高飞时，它忽然发现头顶有一只雄鹰，当然雄鹰也发现了它。它吓坏了，它记得老麻雀告诉过自己，遇见雄鹰时要么钻进屋檐下，要么躲进草丛里。可是它离屋檐和草丛都太远太远了！它匆忙逃窜，可哪里是雄鹰的对手，于是自然而然地就成了雄鹰的美餐。

你认为这个故事包涵着怎样的道理呢？张老师问肖进。

肖进摇了摇头说，不知道。

其实道理很简单，雄鹰飞得高是为了更好地寻找食物，麻雀飞得低是因为低处更有利于自己生存。所以，只有适合自己的高度才是最高的高度。从这个故事里，我们可以知道只有适合自己的才是最好的。一个人有自己的追求是对的，但是这种追求只有适合自己才是最好的，如果自己追求的内容不适合自己，那么结果可能会很可怕。

经过张老师的耐心指导，肖进终于认识到了自己的问题，他决定听

老师的话,先下力气把文化课学好,通过提高自己的综合素质来慢慢提高自己的创新能力,最终提高自己的绘画水平。

秘 密

"拿回去重填!有你这么填志愿的吗?"高老师把高考志愿表生气地摔给马明说。

"我要是不重新填呢!"马明直直地瞪着老师说。

"你敢!看我不揍你!"

高老师说完,才觉得自己说话语气太重了。高老师平时为人是非常和蔼的,可他今天实在太忙碌了。今天学生填报本科志愿,多数同学都来咨询班主任,而填报志愿本身有一定偶然性,很多同学偏偏喜欢刨根问底,弄得高老师既忙碌又烦躁。

马明平日是班里最好的学生,正常发挥考北大清华是没有问题的,但他高考发挥失常,分数只刚刚过了重点线。可是他在志愿表上竟然只填了一个学校——北京大学,并且涂了不服从调剂。

马明依旧直直地站在那里,根本没有要改的意思。

"一个人有自己的追求是对的,但要学会面对现实。以你现在的分数,报一所较差的重点本科院校能被录取就很幸运了。弄不好,只能上二本,所以二本的第一个志愿也一定要选好!你这样报,压根就没希望！"高老师只得耐心地说。

"我不会改了，这是我深思熟虑的结果。"马明把志愿表再次放到讲桌上。

高老师想不到平日很听话的马明竟然这么固执，于是只得继续做工作，无奈好说歹说，马明就是不听。

高考报志愿结束许多天了，高老师一直觉得马明这样做实在不可思议，也许有什么难言之隐。这天，他决定约马明出来单独谈谈。

"能说说为什么这样做吗？"他们在县城文心广场见面后高老师说。

"我就是非北大不上，不行吗？"马明说这话时，没有看高老师，而是非常忧郁地看着广场上熙熙攘攘的人群。

当时是阳历 8 月份，正是一年中最热的时候，虽然还不到 10 点钟，但广场上的热浪已经随着蝉鸣一阵阵扑来。高老师擦了把汗说："看得出，你一定另有隐情，说说吧，也许我能帮你！"

"老师，有很多问题是做思想工作解决不了的。你还是别问了吧！"马明说完，轻轻摇了摇头，长长叹了口气。有很长一段时间，他们只是静静地坐着，谁也不再说话。

临近中午，马明忽然开口了："谢谢您陪我坐了半个上午，我还是告诉你实话吧！今年我压根就没打算上大学。在高考前最后一次回家时，我无意中发现父母已经写好了离婚协议，他们把离婚时间定在我考上大学之后。这几年，他们一直感情不和，也许是怕影响我学习才勉强维持着。自从知道这件事后，我甚至连退学的想法都有了，可转念一想，这只能使他们更快地离婚，就打消了这个念头。我想等落榜后再去复读，以便让他们有时间再磨合磨合……"

高老师异常感慨，可是后来发生了一件非常不可思议的事。这年高考报名出现了意外，报考北大的学生数量严重不足，这样刚刚过了重点线的马明就被录取了。

知道这件事后，高老师既高兴又遗憾，他决定亲自去一趟马明家。不用说，马明非常失落，而他的父母却欢天喜地，他们非常热情地留高老师吃饭。趁马明出去买酒时，高老师说："你们知道马明为什么这么失落吗？"

"对啊！这孩子，真是的！上了北大，还不高兴！"马明母亲说。

当高老师告诉他们原因后，马明父母都愣住了。

高老师说："马明是个懂事的孩子，同时又是个幸运的孩子。要不是因为知道了你们的事，他本来能考上北大。在他高考发挥失常后仍毫不犹豫地报考北大，就是打算用自己的前途换取你们的幸福。出现这样的结果，也许是上天对他的眷顾吧！你们可别辜负了孩子的一片苦心啊！"高老师说到这里，马明父母都低下了头。

许多天后，马明幸福地踏上了北上的列车。因为他的父母重归于好了。

壮 举

小江即将上高二了，他的父母在省城打工。他们的工作虽说不很累，但环境差、有污染，都说干久了，对身体危害大，但他们实在找不到更合适的工作，就一直干着。

以前每到暑假，小江都为在哪里度过假期而苦恼。自己在家中，难免有些孤独。去父母那里，固然可以和父母团聚，但他们居住的小屋实在让他难以适应。那哪里是屋子呀！就是几块破石棉板子堵起来的一小块空间。三个人挤在那么小的空间里，真叫人感觉不舒服。

　　不过，今年小江毫不犹豫地决定去找父母。之所以这样决定，一个原因是他想在假期深入体会一下打工生活，磨炼一下自己的意志。另外，他想挣点钱，减轻一下父母的负担。

　　放假一周后，小江就坐车去省城了。在省城，小江换乘了几路公交车，才到了父母的住处。当天下午，小江就见到了父母。他们都50多岁了，半年不见，显得更加苍老了。小江默默发誓，一定要好好学习、争取考上理想大学、找到称心工作、好好孝敬父母，不再让他们受这份罪。当然，这并不是空发誓，小江有这个实力实现自己的誓言，在高一期末考试中，小江成绩在全校名列前茅。

　　小江来省城的第三天，就下起了暴雨。据说那是一场百年不遇的大暴雨，暴雨倾盆而下，一天一夜都没停止。后半夜，小江和父母的住处就开始进水了。他们只得收拾东西，挪到地势较高的地方去躲避。

　　他们的住处毗邻一条大河。大河虽宽，平日里却没有多少水。暴雨之后，大河就变得波涛汹涌了。水面上各种杂物互相纠缠冲撞着，缓慢地向下游流去。河堤上，许多人都在观看，不时有人从水中捞出有用之物。

　　人！漂下来一个人！不知谁忽然喊道。

　　随着那声喊叫，大家顺着他的手指望去，果然看见一个人从上游慢慢地漂下来。那人在水中时沉时浮，周围还有很多杂物。也许是借助了身边的杂物，也许稍微会点水，即便被浪头打下去，那人也很快就能浮上来，但只有随着浪花起伏的份，根本没有能力朝岸上游。

　　谁会水快下去救呀！一个人说。

　　这么急的水，又那么远，太危险了！不知谁说。

再远也得救呀！总不能见死不救吧！另一个人说。

站着说话不腰疼，你怎么不下去救呀！又一个人说。

接着人们杂七杂八地议论开来，虽然说什么的都有，但就是不见有人有实际行动。

这时，只听"嘭"的一声，有人已经跳下水了。那人游泳不但速度很快，而且姿势多变，看来水性不错。但是毕竟水况太差了，而落水者离河岸又太远了，眼看那人的游泳速度越来越慢，大家虽然着急，却也帮不上忙。

终于那人距离落水者越来越近了，眼看就要抓住落水者了，一个浪头打来，落水者与救人者同时被打入水中。人们焦急地等待着。几秒钟后，人们看见两人几乎同时冒出了水。只是救人者似乎改变了想法，他不再管落水者，独自向外游来。

人们再次议论纷纷起来！

这人什么德行呀！怎么不管落水者了？

要是他不去救，也许别人就去了，他这样做，简直是变相杀人！

这样的水，一个人救人确实太难了。知难而退，首先保住自己的性命也是可以理解的！

你个浑小子，一时没看住你，怎么干这种傻事！凭你那点本事，在这样的水里根本就救不了人！快上来呀！小江父亲不知从哪里过来了，他看见岸上小江的衣服后，撕心裂肺地呼喊道。

这时，小江似乎已经精疲力竭，他甚至只能随着波浪起伏了！又一个浪头冲来，小江一下被淹没到水中。人们期待着他再次冒出水面，时间一秒一秒地流逝着，小江依旧没有冒出水面。

小江父亲哭喊着冲入水中，岸上几个人也同时冲入了水中，他们把小江父亲弄到岸上。这么大的水，你连他被冲到了哪里都不知道，怎么救他？即便下去救他，也得等他浮上来再说。周围的人一边拉着小江父亲,阻止他再次下水,一边劝他。

然而小江最终没能再次浮上来。

五六个小时后,在下游五六里处的一处拦河坝附近,小江的尸体被打捞了出来。同时被捞上来的还有那名落水者——一个逼真的塑料模特。

时间感动

爱的期待

贝斯特走上密西西比河大桥时，正有一阵强劲的寒风吹来，他紧了紧风衣，依旧觉得冷。忽然，他发现桥边站着一个女子，那个女子一袭暗黄色的衣服，与周围昏黄的背景几乎融为一体。一个女子，怎么会在这个时候出现在这里，出于好奇，也出于对她的关心，他过去跟她搭讪。

嗨！美女，这可是一个经常出现坏人的地方呀！你一个人，不害怕？

一个连死都不怕的人，还害怕坏人？

看得出，你心情不怎么好，说说看，遇上什么烦心事了？

我活着，对我和亲人来说都是煎熬，与其这样，还不如一死了之！那位女子边哭边说。

在贝斯特的不断询问下，她断断续续地说出了自己的遭遇。原来她得了非常严重的肾病，除了换肾，没有任何办法。愿意给他捐肾的母亲跟她配型不成功，所以就参加了"Chain 124"计划，这个计划的核心内容是：肾病患者的家属如果不能给自己的亲友捐肾，就可把肾脏捐给其他等待换肾的患者。作为回报，捐赠者的亲友可接受其他换肾患者的亲属所捐出的肾脏。她已经参加这个计划一年多了，在等待中她的体质越来越差，精神倍受煎熬，就想以自杀的方式结束生命……

听说这个计划已经为很多病人换肾,说不定明天你就会成功的!贝斯特说。

这几乎是不可能的,即便配型成功,一般人也不愿首先捐出自己的肾,因为谁都害怕自己的肾捐出去了,亲人却没有得到肾。女孩一边说一边叹气。

如果有人愿意捐肾呢?那个计划是不是更容易被启动?贝斯特说。

那当然!可是谁会愿意呢?女孩再次叹了一口气。

我敢打赌,一周之内肯定会有人捐肾,如果真是这样,你就继续等待下去,好不好?贝斯特说。

好吧!那你一定会输的。女孩说。

在聊天中,他知道了女孩叫凯丽丝,就住在附近。那夜,他们聊了很多,最后他们约定一周之后再在这里见面。

你赢啦!你怎么知道会有人捐肾呢?一周之后的一个黄昏,他们再次见面时,凯丽丝非常吃惊地问。

其实和你打赌,我只是为了阻止你自杀,真没想到会有人捐肾,看来上帝也希望你好好地活着。贝斯特说。

你知道吗?因为那人主动捐肾,爱心计划被启动了,如今医生已经找到适合我的肾源了,我很快就可以做手术了。凯丽丝异常激动。

是吗?这么好!这么说你有救了。贝斯特也异常激动。

几个月后的一天,贝斯特正在家中看报纸,门忽然被敲响,开门一看,贝里斯大吃一惊,因为门外站着一个非常漂亮的年轻女子,而那个女子就是凯丽丝。

你真傻!你怎么可以随便捐出自己的肾呢?凯丽丝捶打着贝斯特的肩膀说。

捐个肾有什么好害怕的,你看我不是活得好好的吗?贝斯特说。

我虽然和你见过两次面,却从没看清你的脸,当我从电视上听见你的声音,我立刻断定那个人一定是你。你为什么不去找我呀?我费了好多周折,才好不容易找到你。说实话,是不是因为碰见了我,你才去捐肾的呀?你怎么可以这样做呢?你不知道肾对人是多么重要!凯丽丝一口气说完这些话,早已累得气喘吁吁。

贝斯特没有说话,他心情复杂地看了一眼凯丽丝,眼里立刻盈满了泪水,于是急忙转头看窗外的风景。窗外的白杨树上,一只大鸟正叼着食物,欢快地逗弄着两只出壳不久的小鸟。

原来,贝斯特曾经有一个幸福的家,可是在三年前的一起车祸中,妻子和孩子都丧生了,一年前自己也失业了。那晚当他听凯丽丝说了她的情况后,他立刻决定捐出自己的一个肾,并同凯丽丝打了赌。

也许是巧合,也许是上天眷顾那些急切等待换肾的病人,他捐出肾后,爱心计划就被启动了,目前已有十几个病人成功换肾,并且爱心之链还在继续往下传递……他虽然不希望任何媒体知道他的情况,但还是有很多媒体采访了他。

其实,那晚去那座大桥,和凯丽丝一样,他也是想去自杀的。最初他只是想,等自己捐过肾再自杀也不迟。等他捐出肾后,他又期待看到自己的肾能够救凯丽丝,能够救更多的人。在这份爱的期待中,他改变了对生活的认识,并明白了一个道理,那就是再卑微的人也能用自己的爱温暖别人,而只要有了爱,生活就会充满希望。

不久,有一家公司主动雇用了他。接着,他又收获了一份美好的爱情,那个爱上他的姑娘就是凯丽丝。

母亲的良苦用心

多年前,小萌父亲得了脑血栓,最初生活不能自理,经过很长时间的治疗和锻炼,现在不但能够自理,而且可以干点家务了,一家人高兴得不得了。

一个农村家庭,本来就很贫穷,家中的顶梁柱得了这么大的病,对家庭经济而言,无异于雪上加霜。为了维持家计,这年春天,母亲便背起铺盖外出打工去了。临走前,母亲让小萌多帮爸爸干些家务,小萌非常懂事,一放学便忙着烧火做饭、喂养家畜,俨然成了一个小大人。

春节前,母亲回来了,大家都非常高兴,小萌更高兴些,因为自己终于可以放松一下了。那天晚上,小萌偎依在母亲怀里问她在外干什么工作,母亲说在城市给公园清除杂草,小萌立即问公园美丽吗,母亲一边抚摸着小萌的头一边说公园能不美丽吗,接着就描述起城市的亮丽风景来。有关城市的情况,一家人了解得很少,大家都听得津津有味,仿佛忘记了生活的沉重。

这天,母亲正在做饭,忽然叫小萌过去帮她洗菜,正在看书的小萌就有些不太高兴,不过还是帮母亲洗了。以后几天母亲天天叫小萌洗菜刷碗,小萌就越来越不高兴了,这天母亲刚叫她,小萌就生气地说:"你就不会自己洗吗?水那么凉,你不愿意洗,人家就愿意洗了?"见小萌这么

说,母亲便不再言语。

其实,小萌不愿洗菜刷碗还有另外一层意思——她想趁着母亲在家,好好保养一下自己的双手。小萌现在上初二了,已经知道爱美了,女生们下课了,有时会相互比较一下各人的手,别人的手又白又嫩,非常好看,可是自己的手既黑又粗糙,非常难看。为此,同学们经常取笑她,她不服气,也想把自己的手保养得好好的,和她们比比。

还好,自从小萌生气之后,母亲就不再让她帮忙了。这样小萌反而觉得不好意思了,于是格外关注起母亲来。

这天,小萌忽然发现母亲用铲子在搅动水里的菜,母亲为什么不用手来洗呢? 小萌感到不解,就过去问母亲,母亲说:"这菜好洗,冲一下就行了!"小萌刚准备说什么,忽然发现母亲的手似乎与原来大不一样了,原来母亲的手指又细又长,非常好看,现在所有的手指关节都非常粗大,仿佛肿了一般,小萌一把抓过母亲的手说:"妈妈,你的手怎么变成这样了?"母亲说:"傻孩子,妈妈的手不是好好的吗?"

小萌知道母亲有些事情故意瞒着自己,就坚持问个不停,没有办法,母亲只得告诉小萌实情,原来母亲因为年龄大,不好找工作,没有办法,只能在一家冷库干活,母亲本来就有风湿病,根本不适合干这种工作,可是为了挣钱,她还是忍着疼痛坚持了下来,因为长期在冷湿的环境中,手指关节就变成了这个样子。现在她的手一碰到冷水就又麻又疼,难以忍受,所以才让小萌帮忙洗菜。

小萌哭着说:"你的手都变成这样了,怎么不早告诉我呢?"妈妈说:"你的手不也变成这样了吗? 女孩子家,哪有这么粗糙的手? 妈妈看你这样,也心疼啊!"小萌哭着说:"我的手不要紧,我以后天天帮你干活!"说完,紧紧地抱着母亲哭了起来。

母亲轻轻地摇了摇小萌说:"别哭了,小心让你爸听到!"

这时,她们忽然听到外面似乎有动静,于是急忙擦干眼泪,抬头向窗外看去。与此同时，小萌父亲早已转过身子，拄着拐杖，快速朝旁边走去了……

害怕冷了善良的心

近来，张校长比较窝火，因为自己工厂的院墙刚刷好没几天就被涂上了好几处广告。这些广告色彩斑驳，东一块，西一块，严重破坏了整个院墙的和谐。没有办法，他只得叫人把广告涂掉。可是没几天又被涂了好几处，他只得重新涂了一遍，并在院墙附近立了一块"严禁涂写广告违者罚款"的牌子。

可是照旧有人来涂。没几天，墙壁又被涂得惨不忍睹。张校长也曾试图抓住涂广告的人，可是派人守了几天，一无所获。

张校长想，抓不到涂广告的，找做广告的单位总容易吧！于是就拨通了一家单位的电话。

那家单位说在哪里做广告与他们无关，他们只管给广告公司广告费。张校长问广告公司的情况，他们说这是秘密，不会告诉任何人，说完就把电话挂了。张校长又气又恼，当他拨通另一家单位的电话时，他们的回答如出一辙。张校长无可奈何地叹了一口气。

这天，张校长忽然接到一个电话，说他们是一家专做公益事业的群众机构，致力于城市的净化与美化，为减轻各种墙体广告造成的视觉污

染，他们免费对单位外墙进行粉刷。

张校长半信半疑，但还是非常客气地答应了。他想好了，万一他们有什么物质方面的要求，自己会毫不犹豫地拒绝。

第二天，那家单位就来人了，一个瘦瘦的负责人拿出一份合同，请张校长签字。张校长仔细看了看合同，没有任何玄机，就毫不犹豫地签上了字。

他们的机器较先进，粉刷的速度也很快。当他们弄完后，那位负责人再次来到张校长办公室，先是敬烟，接着非常客气地询问对他们的工作有什么建议，张校长似笑非笑地说还算可以，张校长想，接着就要谈钱的事了，可是那人只留下一张名片，还说以后需要粉刷墙壁可随时联系他们。

半个多月后，工厂的墙壁再次被涂得乱七八糟，张校长抱着试试看的态度打通了那家单位的电话，他们说最近很忙，半个月后才能过去。张校长想，半个月就半个月，反正比自己掏腰包强。半个月后，他们果然来了。

半年下来，他们已经为张校长粉刷过五六次墙壁了。眼看就要过春节了，张校长决定再叫他们粉刷一次，并好好感谢一下他们。

当那个瘦瘦的负责人找他签字时，张校长表达了自己的想法并询问他们单位的地址，那位负责人非常激动地说："我们公司是几个志同道合的朋友合办的，目前还没有固定办公地点。再说，我们从事的是纯粹的公益事业，不接受任何单位的酬谢！你能有这样的想法，我们就心满意足了。许多单位认为我们有不可告人的目的，为此，有几个合伙人甚至打算退出呢！"

等那人走了，张校长非常感慨，是呀！现在这样的事真不多见啊！他决定联系几个生意伙伴一起感谢他们一下，也算是对他们的安慰。没费多大工夫，他就联系到了好几个单位。

这天，当他拨通他的同学张立电话并说明自己想法时，张立说："这事我是不会参加的！我本来也想感谢一下他们,可是刚刚听说他们和我县主要做墙壁广告的公司其实是一伙的,他们做的广告,等拿到广告费后,就在墙壁拥有者单位的同意下涂掉。这样,做广告的单位就会继续请他们做广告,而广告公司也有更多的墙壁可用。这事听起来不可思议,是真是假,我也拿不准。"

听张立这么一说,张校长心中五味杂陈。一番犹豫之后,他还是决定继续他的行动,因为他害怕冷了那些凤毛麟角般的善良的心,即便它们可能是虚假的。

虎子的世界

本来,瞳子这天心情不错。

她用了半上午的时间,包好了水饺。是牛肉馅的。为了让水饺口感更好些,她把肉剁得很细。包水饺的时候,她多么希望丈夫能回来一起跟她包呀！可是直到自己包好了,丈夫也没回来。不回就不回吧,回来就吃水饺,说不定还能让他产生一份惊喜。瞳子想。

他们已经很长时间没吃水饺了。

可是都下午三点多了,丈夫还不见影子,她的心情就变得有些烦躁起来。当丈夫一身酒气地回家时,她内心中的烦躁之气顿时火一样燃烧起来。

不是说好了回家吃饭吗？又在外面喝酒！天天喝成这样，你迟早会喝出毛病来！瞳子絮絮叨叨地说。

一喝酒你就叨叨！快闭上你的臭嘴！不喝酒，我能干什么？虎子一边东倒西歪地往屋里走，一边顺手推了瞳子一把。瞳子猝不及防，身子一歪，手就按在了盛水饺的簸箕上，簸箕一下反扣在地上，水饺也掉了一地。

我包了一上午，你不吃就罢了，还不让我吃，真不知你安的是什么心！瞳子扑上去拉虎子。虎子使劲一甩，瞳子就倒在了地上，满地水饺被压得馅汁四溅。

瞳子没有爬起来，而是倒在地上，啜泣。

虎子不理瞳子，四脚八叉地躺到床上，很快就打起了呼噜。

这日子没法过了！你也不用装睡，我死了，你就高兴了。瞳子爬起来，朝满地的水饺上狠狠地跺了几脚，然后去储藏室找来半瓶农药。

瞳子刚扭开瓶盖，就闻到了一股令人难受无比的味道扑面而来，但她还是把农药放到了嘴边。接着，就感到一股热火倏地钻进了自己的肚子……

她婶子，你这是干什么！瞳子忽然感到有人一下把药瓶打掉了，接着就感到自己重重地摔倒在地上。

虎子被人叫醒时，闻见满屋子的农药味，看见妻子倒在地上，顿时吓醒了酒，急忙叫人开来拖拉机，往镇卫生院拉。

村子距卫生院有二十多里的路程，有两条路可走。手扶拖拉机开到村口时，司机问走哪一条，虎子说，直着开。司机就直着向前开。走到半路，路中间忽然冒出一堆土来，上面插着一个大牌子：前方施工，请绕行。

好好的路，又施什么工！真是瞎折腾！虎子气愤地说。

没有办法，只能调头，从原路返回。回到村头，从另一条路走。开到半路，只听前面传来一声巨响，虎子抬头看时，只见一辆昌河车和一辆小货车撞在了一起。小货车车头严重变形，整个车横在了路上。乡村道路本来就不宽。这样，整条路便被堵得严严实实，拖拉机根本无法通过。

这可如何是好！大家都很着急。时间一分一秒地过去，眼看瞳子气息越来越微弱，虎子急得热汗淋漓。

你们这样等着，啥时是个头？还不快打电话，叫卫生院来车接。十多分钟后，一个路人出主意说。

对呀！我怎么就没想到呢！虎子一边打电话，一边着急地拍打着大腿。

不久，卫生院的车就呼啸着开来了。众人七手八脚地把瞳子弄上救护车。护士一边给瞳子打针，一边埋怨为什么不早送医院。瞳子的气息越来越弱，还没到医院，就停止了呼吸。

来到医院，医生快速检查了一下，轻轻地摇了摇头。看样子她喝得不多，你们能早一点赶来，就好了。

虎子抱着瞳子，女人般号啕大哭。我怎么单单选了那条路呀！要是一开始就走这条路，绝对晚不了！是我害死了你呀！是我害死了你。半年之中，你们都走了，你让我怎么活呀！

虎子所说的你们，除了瞳子，还有狗子。狗子是他们唯一的孩子，今年23岁，找到媳妇了，新房也盖好了，只等明年娶媳妇。可是，半年前，狗子外出打工时，意外坠楼身亡了。从那一天开始，虎子就感到自己经营了多半生的世界，瞬间倒塌了，于是开始喝酒度日。

虎子越哭越伤心，声音也越来越大，惹来一大群人围观。

好了，别在这里哭了，这又不是医院的责任。再哭，别人会误解的。医院里的几位保安走过来说。

虎子只得停住了哭泣。他抱起瞳子，像抱一块千斤重的巨石，一步步朝医院外走去。虎子走出医院后，没有放下瞳子的意思，依旧一步步向前走。

没人知道他要去哪里。他自己，也不知道。

教授与民工

午后的阳光透过稀疏的树叶肆无忌惮地倾泻着，灼热的气浪一阵阵疯狂地扑来，远处树林里聒噪的蝉声也推波助澜般此起彼伏。

张教授一边演讲，一边用手不停地刮着从额头上流下来的汗水。也许压根就不该接受这次邀请，张教授有些后悔地想。

张教授是著名的定位教育演讲大师，他的演讲地点一般在非常高级的学术报告厅，演讲对象也多数是大学生和企业高管，在露天环境对民工进行演讲还是第一次。

最让张教授头疼的是民工们缺乏激情，更不愿意配合他进行互动，张教授干脆省去了许多互动环节，自顾自地演讲着。演讲了一会，他忽然感到不太对劲，仔细一看，原来接近一半民工在打瞌睡，其余的也都蔫了吧唧的。

张教授停止演讲，直直地盯着会场。一般情况下，会场现状很快就会改变，可是这次他盯了好一会依旧没有任何起色。张教授摇了摇头，轻轻叹了一口气。

"你们知道自己为什么只能是民工吗？那都是因为你们不愿提高自身素质！"张教授有些失望地大声说。

张教授说完，民工们陆陆续续地抬起头来。当然，有些是自己醒的，有些是被人弄醒的。

张教授环视了一圈会场,继续他的演讲。可是刚讲了几句话,一个民工的手机响了起来,是那种古怪的彩铃声,声音很大,震动全场。张教授不得不中断了演讲。

过了一会,又一个民工的手机响了起来,依旧是那种刺耳的彩铃,张教授再次停下了演讲,他盯着彩铃响起的地方皱了皱眉头。

等铃声结束,张教授强压怒气,再次开始演讲。不久,竟有好几个民工的手机同时响了起来,会场铃声一片,聒噪无比。张教授生气地说:"为了尊重别人,大家最好是关闭手机。再说,手机是自己用的,为什么一定要把铃声弄得惊天动地呢?自己能听到不就行了吗?其实铃声大小与一个人素质高低是成反比的,也就是说铃声越高的人素质往往越低。"

听张教授这么一说,民工们有些脸红,也有些骚动。

过了一会,张教授接着说:"如果大家还想提高自身素质,就要从现在开始,大家先调低铃声,然后关掉手机。"

民工们议论纷纷,更加骚动起来,过了好久,才慢腾腾地开始行动,看得出来,很多人没调铃声就直接关机了。

"真是不求……"张教授强忍着才没把那个"上进"说出来,但是民工们显然也理解了张教授的意思,于是又一阵骚动。等民工们好不容易静下来,张教授才开始演讲。

听完报告,民工们还得干活。张教授也没有立即回去,他想感受一下民工的生活,于是在公司领导的陪同下,连续参观了好几个工地。

晚上就餐前,张教授猛然发现自己的手机上有好多未接电话,于是分别回拨了过去,有些事不是很重要,有两件事却让他遗憾无比,一件是有个大公司想找一个顾问,待遇优厚,公司本来想找他,因为他一直不接电话,所以只好找了本学院的另一个教授;另一件是省电视台做几期心理访谈性质的节目,想找他担任特邀嘉宾,因为他始终没接电话,只得找

了另一所大学的教授。

眼看到手的肥肉却便宜了别人,张教授越想越生气,尤其是后一件,更是他梦寐以求的提高知名度的绝佳机会。张教授既遗憾又纳闷,自己怎么会听不到电话呢?他查了一下那些电话的来电时间,原来都是他参观工地时打来的。噪音,都是工地震天的噪音弄的。张教授的手机铃声很小,在一般环境能听到,在那种环境根本听不到。

这时,他猛然想起民工们的彩铃为什么都惊天动地了,再加上这天下午对民工的了解,张教授终于理解了民工,在他们那么劳累的情况下,逼迫他们听一个无关紧要的演讲,他们怎么不昏昏欲睡呢?

想到这里,张教授猛然觉得非常对不起那些疲惫的民工们,于是想:如果还有机会给他们做报告,一定先给他们赔礼道歉,并深深地鞠一个躬。

老人与枕头

村子中间有间破旧的小屋,小屋里住着一位老人。

老人虽说行动不便,但生活也勉强能够自理。不知从什么时候起,老人的身体状况已经变得很糟了。村里人注意到老人时,他已经把铺打在了屋门口,老人头朝外,斜倚在铺头,抱个枕头,看外面人来人往。

老人的小屋靠近一条街道,虽说那是村里的主要道路,却一天也没几个人走。偶有行人,也多是行色匆匆,没人肯为老人停留,更没人关注老人的生存状况。

这日,一个七八岁的孩子在老人的小屋前面玩耍,老人把手伸到到枕头里摸了一会儿,摸出 10 元钱来,让孩子给到小卖部买几元钱的东西,还说剩下的就归小孩,小孩拿到钱,欢天喜地地跑了,很快就把老人要买的东西买回来了。

第二天,得到好处的小孩又到老人的住处玩耍,老人照旧拿出 10 元钱,照旧只要几元钱的东西,孩子又非常愉快地完成了老人安排的任务。

此后几天,小孩便有意识地经常到老人面前转悠,老人也经常拿出钱来,让小孩帮忙。小孩与老人的秘密很快被别的小孩知道,于是老人的屋前每天都有不少小孩来玩耍,他们也经常接到老人安排的各种任务。一段时间后,老人的屋前成为村里最热闹的地方。而能够接到任务,也成为小孩们最大的欢乐。不管谁拿到钱,都是飞一般地跑去小卖部或别的地方,高质量地完成老人安排的任务。

老人最近的亲人有两个侄子,老人的秘密很快被他的两个侄媳妇知道。她们很快就把来这儿玩耍的孩子们统统轰走了,于是买东西的任务自然就落到了她们身上。

老人依旧像原来一样,不管哪个侄媳妇来了,只要有需要买的东西,就让他们去买。每次买东西,都用他那黑色的近乎干枯的手从那个破旧的枕头里掏出钱来给她们。

然而老人的身体状况越来越差却是不争的事实,两个侄子都想让老人到医院看病,但是老人却不同意。那是一个冬日的早晨,当老人的两个侄媳妇同时来到老人的门前时,老人早已被冻僵了,怀里还抱着那个破旧的枕头。

两个女人几乎同时扑了过去,当然只有一个首先抓到了枕头,当抓到枕头的人快速从老人的怀中撕出枕头时,另一个人也抓住了枕头的另

一头。

她们抓着枕头使劲拉扯,也许是两人的力气差不多的缘故吧,她们拉扯了很久也没分出胜负。

"你这泼妇,我拿这枕头,是为了给老人办后事,你抢什么!"一个道。

"我才是真心为老人办后事的,你不就是想独占他的钱……"另一个说。

当时正值学生放学期间,她们的争吵声很快引来一群围观的大人和孩子。她们更加猛烈地推搡着、抢夺着。最后由于用力过猛,枕头一下被撕开了,一大堆破旧的灰色碎布顿时散落了一地。她们急忙扑到那堆破布上用手不停地扒拉,可是竟然连一分钱都没找到。她们顿时大失所望,站起来,拍拍身上的尘土,骂骂咧咧地各自回家了。

是村里出钱给老人办理的后事。老人出殡那天正好是周末,附近村里的十几个孩子竟然自发组成了一支特殊的送葬队伍,十几个孩子排成一行,他们虽然没有哭,但是谁都眼泪汪汪的,一句话都不说。

虽然寒风刺骨,虽然他们都被冻得瑟瑟发抖,但是他们没有一个人提前离开,直到老人入土为安,才各自回家。

老人虽然已经入土为安了,但是并没有真正安顿下来,因为村里在找人处理老人的遗物时,竟然在靠近门口的墙壁中发现了 5 万多元的现金。听说这事之后,原来一直不肯靠前的老人的两个侄子竟然同时挺身而出,听说他们正在为怎样继承这几万元钱而争得不可开交……

母亲的密码

　　母亲猝然辞世，天南海北的几位子女终于聚到了一起。处理完母亲后事，大家心情都非常沉重。

　　收拾母亲的房间时，大家谁也不愿说话。母亲的贵重物品都藏在保险箱里。保险箱藏在床底，上面落了一层厚厚的灰尘。保险箱是几年前大家一起帮母亲买的，母亲岁数大了，做事难免丢三落四，大家对家里的佣人不放心，就买了这个保险箱。想当初为了教会母亲如何设置密码、如何开启箱子，3位子女轮番上阵，费了好长时间。最后大家又把保险箱调到初始状态，让母亲亲自设置密码，并一再嘱咐千万别忘了密码，否则保险箱就打不开了。可母亲突然间就去了，保险箱的密码却没有留下。

　　弟弟是电脑高手，破译密码是他的强项，对这点小麻烦并不放在心上。他一声不吭地坐在保险箱前，双手快速地敲击着数字。一个多小时过去了，弟弟累出一头大汗，作为电脑高手的他似乎从未遇到过这么大的麻烦。

　　"你歇着吧！你那一套对年轻人适用，用来破解母亲的密码却未必合适，你哪能了解母亲的心。"姐姐说。姐姐在银行工作，每天都生活在密码之中，对社会上各色人等喜欢用什么样的密码了如指掌。

　　姐姐推开弟弟，刚坐下就问道："母亲的生日，谁还记得？"

哥哥和弟弟摇摇头。多年前，父亲还在的时候，每逢母亲生日，父亲总是提前通知，父亲走了，大家也似乎更加忙碌，便没人再记起母亲的生日。

"问这个干吗？不是故意惹人伤心吗？"弟弟说。

"像母亲这样的老年人最喜欢用自己的生日做密码。"

"母亲的身份证几年前就丢失了，我们谁也记不起来，还有什么办法？"哥哥说。

"也可能是父亲的生日或祭日。父亲去后母亲一直把父亲挂在嘴上，整天唠叨个没完，对，绝对没错，肯定是这两个时间中的一个，你们谁还记得？"姐姐又问。

"想这些事情本来是你的事，你都不记得，反而来问我们？"弟弟有些不耐烦。

姐姐的情绪顿时低落了许多，最后慢慢地说："也可能是我们的生日。"

姐姐把所有能想到的数字都试了，还是毫无结果，也只能灰心丧气地败下阵来。

哥哥不声不响地坐到了保险箱前。哥哥不仅是市公安局的破案高手，还精通电脑，几十年来轻松侦破了无数奇案怪案，工作和性格的关系，他不太喜欢多说话，可是说出的话做出的事往往是经过深思熟虑的。因此说出的话往往有不可辩驳的力量，做出的决定也往往没有商量的余地。

"母亲的记忆力不好，密码可能藏在某个地方，甚至就写在保险箱附近。"哥哥边说边仔细搜索着保险箱附近的蛛丝马迹，弟弟和姐姐则在其他地方开始了新一轮的搜索。

哥哥在保险箱附近确实找到了很多数字，数字的一边往往还做了说明，譬如何时兔子生崽，何时小羊产羔，何时儿女生日，何时银婚庆典，何时父亲去世，何时儿子向家中打过电话，何时子女向家中寄钱等，哥哥一一试过，不但毫无结果，而且勾起了大家的更多忧伤。大家摇头叹息。

到底会是一个怎样的密码呢，竟难住了3位天天游弋于密码中的儿女。3位儿女陷入了忧愁之中。

"我们与密码接触惯了，没有了密码寸步难行，母亲对密码却不习惯，会不会母亲压根就没有设置密码呢？"弟弟一句话唤醒了沉浸在密码世界中的哥哥和姐姐。

"对，母亲一定没设置密码，我们怎么没想到呢？"哥哥和姐姐也恍然大悟。

3人同时扑向保险箱，一用力，保险箱开了，原来由于保险箱长期不用，锁上生了锈，不用力自然无法打开，兄妹几人摇头感慨，不禁哑然失笑。

民工的另类生存方式

作为一个喜欢写作的人，我有个习惯：那就是读书时特别注意作品目录和作者名字，于是一个名字就进入了我的视野。她的名字虽然很少在杂志上出现，但是她的文字飘逸而轻灵，有一种淡淡的忧郁和超凡脱俗的美。在我的心目中，她应该是一位留着飘逸长发的美丽少女。

在一次文学论坛上，我知道了她是我的老乡，这让我更加格外地注

意她了。一次偶然的机会,我认识了他。他虽然有个女性化的名字,却是一位 30 多岁的中年男子,更让我感到吃惊的是他竟然是个民工。他大多数时间在工地上搞建筑,只是在晚上或者没法外出打工的日子,撰写一些自己喜欢的文字。一个民工,竟能写出这么优美的文章,这不能不说是个奇迹。

我问他对写作的认识,他说,他喜欢文字,写得多,发表却很难,他把自己最喜欢的文字,整理成了一部厚厚的书稿,可是根本找到出版社出版。他梦想有一天成为专业作家,靠写作维持自己的生活。

对一个民工而言,靠写作生存的理想是美丽的,但也有几分不现实,所以从一开始,似乎就注定了他的梦想美丽而缥缈。在离开他时我想。

以后很长时间,我听说他一直在家中写作,可是几乎看不到他的文章发表。有人说他的经济状况很糟

两年之后,我接到了他的电话,他告诉我他的书终于出版了,要我去参加他的新书首发式。当我拿到他的书时,很是惊讶,书籍设计精美,内容雅致,在物欲横流的现代世界,能够出版这样一本书实在不容易。

看来,只要是千里马,伯乐总会有的。

当我表达了我的看法,他很忧郁地笑了笑说,哪里有这么简单,出版这本书他花了接近两万元。

花这么多! 我有些吃惊。

当他看到我脸上的表情时,他诡秘地笑了笑说,没什么,两万块钱不算什么,我几个月就赚来了。我问他怎么能赚这么多钱,他把我悄悄拉到了他的书房,拿出一大摞报纸和杂志,于是我看到了大量的有关明星绯闻的文章,不过,作者的名字不是他。

我问他难道这些文章是他写的,他点了点头。他说他碰巧认识了一个粉丝团的头目,于是在那人的指导下开始撰写这类文章,套用时髦的话,他就是职业粉丝。在职业粉丝中,他算是中级的,不用像一般粉丝那

样到现场大喊大叫,他通过写文章炒作、提升明星的人气。他说这些文章几乎没有什么写作水准,所以非常容易写,还有一个最大的好处,那就是非常赚钱。他说他就是靠这类文字维持着自己的梦想。

离开他的书房时,他紧紧地握着我的手,要我为他保密,还说如果有兴趣,我也可以写点这类文章。

我说不出他的这种做法是否值得提倡,但是一个只有初中学历的民工,在竞争激烈的现代社会,用文字解决了自己的生计问题,还实现了自己出书梦,不能不让人赞叹。

怕你担心

"今天心情不好,又和他闹矛盾了!你说两人闹矛盾,很正常。但是我真担心我们会一直这么闹下去!"看过女儿发来的短信,余璇幸福地摇了摇头。

女儿刚过 25 岁,正在热恋之中。每晚女儿都会发来短信。女儿很孝顺,从在外地上大学开始,她们就通过这种方式进行交流。

余璇早在十几年前就和丈夫离了婚,当时女儿才 8 岁。本来余璇可以再婚的,她担心再婚后丈夫对女儿不好,就一直没再谈对象。女儿聪明懂事,学习成绩突出。大学毕业后,很顺利地找到了一份不错的工作,这令余璇很是欣慰。

余璇在一家塑料厂工作。活虽累，工资还不错，就一直干着。很多时候，只要想到女儿，再苦再累她也不在乎。

"那怎么会呢？放心吧！遇见这样的小伙子是你的福分！"余璇回复到。

"你就会安慰我！好吧！我相信你。早休息吧！妈妈，女儿爱你！"女儿很快发回了短信。

余璇看看短信，一丝幸福的微笑浮上脸庞。她斜倚在床上，翻看着女儿的短信。每条短信仿佛山野中一朵小花，清新自然，在微风里轻轻摇曳，摇出自己品不够的幸福和甜蜜。

翻着翻着，余璇再次想起几个月前的那件事。那晚，她本来是拾掇好了，斜倚在床头等女儿短信的。可是女儿发来短信之前，她就睡着了。第三天下午，女儿就出现在了自己面前。突然见到女儿，余璇既吃惊又欣喜。

余璇问女儿有什么事，女儿一下扑在自己的怀里开始啜泣。

"没有事！什么事都没有！"女儿把母亲抱得更紧了。

"你一定有什么事的，不然，怎么会突然跑回来了！快告诉妈！"余璇继续问道。

"前晚的短信你没回！昨天打电话你手机又停机了！我担心有什么事……"女儿红着眼圈说。

"手机停机？我怎么不知道。"余璇很是吃惊。

女儿再次打电话，果然是欠费停机了。原来，余璇的手机打电话很少，除了跟女儿发发短信，一两天不打电话也是常有的事，所以就没发现欠费的事。

余璇从此知道，女儿每晚看似无心的一条短信，其实里面包涵着很多很多的内容。

每次想起这件事，母亲总是感到既内疚又幸福。她怎么能让自己的手机欠费两天,以致让女儿担心得跑上千里路回来看自己呢!从此,余璇尽量保持手机里的费用不要低于 20 元,同时再忙再累也要等到女儿的短信并回复之后再睡。

有时,她也想过主动给女儿发短信,但还是没有这么做,她知道女儿大了,事情多,她怕短信影响女儿的正常生活。

这天,余璇下班回家,一场暴风就刮了起来,接着天上下起了瓢泼大雨。两三个小时之后,山上的洪水就顺着山谷奔涌而来。

快跑呀!要发洪水了!不知谁大声喊道。

余璇开门时,看见洪水滔滔而来。余璇踏进洪水时,水已经没过了她的小腿,激流冲得她东倒西歪,多亏邻居家的老王搀扶着她,才没被冲倒。

当她来到安全地带,忽然想起一件事,于是急忙返回水中。

你想干什么?一个人拉着她说。

我忘记带手机了!余璇说。

忘了就忘了吧!一个手机能值多少钱!那人说。

这儿发水的事,我女儿很快就会知道的,我如果不带手机,女儿会担心的。说完,余璇就不顾众人的劝止返回到水中。人们看见余璇被洪水冲得左右摇摆,于是一次次大声呼喊她马上回来,可是她犹如没听见一般,继续向前走着。

当余璇从宿舍出来时,外面的水已经齐腰深了。人们看见她用一只手高高地举着手机,一点点艰难地往前挪动着。

这时,一股更大的洪水挟裹着泥沙和杂物奔涌而来,转瞬之间就把余璇冲走了。人们看见,那部手机却奇迹般一直被高高地举着,直至渐渐消失于人们的视野……

傻子的爱情

这天,肖伟吃过早饭,像往常一样,驾起小船到海上捕鱼。

海上风平浪静,肖伟的小船随着波浪轻轻起伏。他一边划船,一边面无表情地望着茫茫大海。

肖伟忠厚老实,村里人都说他傻,再加上两只耳朵没长耳郭,本地姑娘没人跟他,快 40 岁时才找了一个外地姑娘。姑娘叫枣花,虽然矮人却长得周正。

刚结婚时,肖伟每天只打半天的鱼,卖完鱼就回家陪媳妇。枣花一开始满意,渐渐就有些不满了。别的男人都是整天在外打鱼,他们的收入自然高得多。

枣花劝肖伟也这样做,他却不同意:"这样毫无节制地捕捞,鱼再多也会被捞完的。"

"真是个傻子,你不捕鱼鱼就捞不完了?"妻子反驳他。肖伟嘴拙,妻子这样说他,他就闷着头不说话,却不肯改变自己的做法。

转眼十几年过去了,江里和海边的鱼越来越少,直至几乎已无鱼可捕。这对很多渔民影响不大,因为他们多数都将小船换成大船,到大海深处捕鱼去了。肖伟没钱换船,他每天捕到的鱼总是少得可怜,肖伟一家的生活也就越来越困难了。

枣花几乎天天骂肖伟傻,肖伟却照样乐呵呵的,枣花哭笑不得,气得背上行囊,独自外出打工去了。一开始,枣花还经常回家,几年后,干脆把孩子也领走了,留下肖伟一个人过日子。

枣花已经两年多没回家了,他想枣花,也想孩子。她们到底还回不回来,他心里没数。

海上有雾,如他心境般迷茫。

正恍惚间,远处漂来一具尸体,白花花的很是难看。附近一条小船上的渔民为避免晦气,掉转船头急速离去。

肖伟犹豫片刻,就撑着小船朝前划去。直到他靠得很近了,才发现这是一条鱼,一条两米多长的大鱼。鱼虽然活着,却奄奄一息。因为鱼太重,他努力过多次,还是无法把它拖上船,他只能用渔网兜住它,慢慢地往岸边拖。肖伟刚把鱼拖上岸,立即聚拢来很多人看稀奇。肖伟捕到一条大鱼的消息迅速传开,接着就有鱼贩子来买鱼了。

每斤一万元,你看怎么样? 一个鱼贩子试探着说。

你可别欺负老大爷不懂行情! 这鱼每斤至少一万五千元。另一个鱼贩子说。

肖伟像是在梦中,每斤一两万元,世上能有这么贵的鱼? 肖伟很快知道他不是在梦中,因为这是一条非常稀有的黄唇鱼。据说这种鱼全身都可入药,尤其是鱼鳔,贵如黄金。最后,他以每斤两万元的价格把鱼卖给了一个鱼贩子,得钱三百多万。

"穷老汉一夜暴富"的消息很快传开,第二天就有媒婆上门给他说媒了。与此同时,各路记者也赶来对他进行采访。

几天后,肖伟却突然失踪了,他的去向谁也不知道。人们再次见到肖伟已是两个月后的事了,肖伟回家后,生活状态没发生任何改变,依旧每天摇着小船外出捕鱼。

别看肖伟傻,倒挺会演戏,发大财了,不好好在家享受,还出去捕

鱼！村里人都这样说他。

后来，网上的一则新闻令村里人吃惊不小。从这则新闻里，大家知道那段时间肖伟去云南参加抗震救灾了，最让大家感到不可思议的是，肖伟竟把所有的钱都捐给了灾区。村里人纷纷摇头，活该受穷的命！这样傻，媳妇不跑才怪！

几个月后，枣花竟然领着孩子回来了，人们猜想枣花肯定是听说他发财了才回来的，要是听说他把钱都捐出去了，不被再次气走才怪呢，可是枣花一直没走。

有人问枣花怎么突然回来了，枣花说，这几年我领着孩子在外打工，本想刺激一下他，让他好好赚钱。想不到他竟然傻得把那么多钱都捐出去，傻成这样我再不回来，他早晚不得饿死！说这话时，人们看见枣花的脸上带着幸福的微笑。

这晚，孩子睡了，枣花在整理肖伟的东西。忽然，在一团旧衣服里发现了一张金额不小的存款单。你不是把钱都捐出去了吗？这是怎么回事？枣花吃惊地问丈夫。

我哪里捐那么多？是他们做了夸大宣传。肖伟说。

那你怎么不告诉我？枣花气吼吼地说。

我不是怕你……怕你……肖伟憋得面红耳赤。

真是个没良心的傻子呀！枣花扑进肖伟怀里，把他的后背擂得咚咚作响。

女儿的舌兰花

　　梅婧在澳洲留学已经三年了,每年夏天,梅婧都回来,今年母亲悠然怕女儿旅途辛苦,不让她回来。梅婧就坚持让父母去一趟澳洲,还说除了看自己,顺便旅游一下。梅婧父亲是一个大公司的总经理,根本没法脱身,能去的当然只有母亲悠然。

　　悠然刚下飞机,立即被一种扑面而来的清新气息包围了,她简直忘记了旅途的疲乏,兴致勃勃地边走边望。"这有什么好看的! 其实各地城市都是大同小异的! 澳洲的真正特色在野外,等你休息几天,我陪你到野外看看! "梅婧说。

　　等几天,谁等得及? 第二天,悠然就和女儿去了野外。草原迤逦起伏,绵羊成群结队,丘陵连绵到淡蓝色的天际。悠然觉得越走脚步越轻。忽然,草地中间冒出一片美丽无比的花。那是多么美到令人惊心动魄的花呀! 碧绿的叶子,黄绿色的花茎,淡红色的花朵,简直太美了!

　　悠然蹲下身子,仔细欣赏着。"这是一种兰花,在国内没有这么美的兰花吧! "梅婧说。

　　"对呀! 国内的兰花我见过几百种,从没见过这么漂亮的! "悠然正说着,一只大黄蜂飞了过来,悠然本能地向后躲避着。梅婧急忙告诉母亲这种黄蜂不伤人,所以可以继续欣赏。它围着兰花上下翻飞,过了

好久才落到了花茎上,慢慢地向花朵爬去,最后钻进了花里,接着花朵就颤抖起来。

"兰花如此美丽,蜜蜂采的蜜也一定很好吃吧!"悠然说。

"是呀,可惜它不是采蜜的。"梅婧笑着说。

"不采蜜,那它在干什么?"悠然问道。

"据研究,黄蜂是被兰花的美丽吸引,误认为它是雌蜂呢!"梅婧笑嘻嘻地说。

"疯丫头,笑什么?"悠然直盯着女儿问。

"它是在里面与兰花进行交配呢!"梅婧边说边红了脸,"每到这种兰花开放的时节,很多雄蜂被兰花吸引,反倒没了兴趣与雌蜂交往。据说,正是因为有了这些雄蜂,兰花才生长得如此茂盛。"

"兰花茂盛了,黄蜂家族却完了!"悠然轻轻叹了口气。

"不,不对!兰花茂盛了,黄蜂家族也没有完。科学家对这个问题进行过深入研究,有趣的是,科学家发现雌黄蜂不需要雄蜂也能繁衍后代。据说大约有 200 种昆虫被兰花诱骗,令人惊奇的是其中 90% 多的雌性昆虫根本不需雄性就能繁衍后代,所以那些昆虫照样生活得好好的。从这个角度来说,在这个世界,似乎没有谁离不开谁,或者说,世界总会以某种方式对失去爱的人进行补偿。"梅婧慢慢解释说。

"死丫头,小小年纪怎么想这样的问题呢?"悠然直直地盯着女儿说。

"我本来也不愿想这个,是生活逼的。自从来到这里,我就被一个美洲小伙迷上了,后来我们幸福地恋爱了两年多,想不到今年他却爱上了一个英国姑娘。为此,我甚至连自杀的念头都有了。因为我一直认为离开他,我没法生活。可是我知道了舌兰花与雄蜂的故事后,就悟出了这个道理,于是我坚强地活了下来。实践证明,没有他,我照样能活得很好。现在是,将来更是!"说着,梅婧眼就红了。

悠然想不到女儿小小年纪竟会遭受如此打击，禁不住紧紧拥住了女儿："我苦命的孩子！你说得对！在这个世界上，没有谁离不开谁。"

　　与此同时，她觉得女儿一下长大了。不过，她似乎觉得女儿话中有话，难道女儿知道自己的事情了？

　　其实今年夏天她之所以不让女儿回家，是因为她跟丈夫离婚了，她害怕女儿接受不了。不过，她不知道，女儿其实早就知道了，她害怕母亲失去生活的信心，才故意让母亲出来散散心，还编了个自己失恋的故事来开导她。

送你一座鹊桥

　　临近七夕节，大街上成双成对的男女格外多了起来。尤其是青年人，他们一对对卿卿我我，大秀亲热，很是惹眼。

　　但是，这里面没有民工。

　　志伟每天上班都要经过一个大型的建筑工地，虽然天气很热，工地上的民工依旧挥汗如雨地劳动着。志伟知道，他们下了班，多达几十人挤在一间大屋。很多时候，甚至连个洗澡的地方都找不到。

　　别看志伟现在有的是钱，但他也是来自农村，十几年前，他的父亲也是一个民工，父亲就是靠打工供自己上大学的。这让他对民工格外有感情。

　　这天，当他再次经过这个建筑工地时，他忽然想为民工们做点什么。

做点什么呢？现在不是就要到七夕节了吗？城里人要过情人节，民工们却很难，他知道这些民工多数离家很远，出来打工，几个月甚至一年半载都见不到妻子也是常有的事。我要想办法让他们相见，让他们好好地过一个情人节。志伟想。

第二天，一条长长的横幅就扯在了建筑工地附近的两棵大树上，横幅上写着："民工兄弟们，你想不想在情人节与妻子相会，那就来这里报名吧！我们帮你达成心愿！"横幅下面有张桌子，有两个年轻人坐在那里，等待大家报名。

到了中午吃饭时间，一大群民工围了过来，问怎么帮他们达成心愿，负责报名的年轻人解释说，你们报名后，我们负责给你们到宾馆订好房间，到时你们免费入住就行了！

那真好！民工们纷纷说。

你快报名吧！你不是天天说想媳妇吗？一个民工推搡着另一个民工说。

你不也想媳妇吗，怎么不报名？另一个民工说。

好！好！好！我报名。

说归说，看归看。就是没有一个真正报名。

转眼一天时间过去了，竟然连一个报名的都没有。志伟实在觉得纳闷，就决定前去了解一下情况。他看到几个民工坐在路边休息，就过去询问他们为什么不报名。

七夕节不是牛郎与织女的事吗？与我们有什么关系？我们从来就不过七夕节！一个民工说。

免费的事，谁敢报名？那说不定又是什么骗局！等你报了名，还不知道他们会怎么整你！一个憨厚的大哥说，城里人花招多，我们玩不过他们，但是我知道，只要别想着占便宜，肯定就吃不了亏！

肯定不能报名，即便不是骗局，你忽然间打电话让妻子过来，叫她陪你过情人节，那她不得担心死呀！我在城里干活，她本来就担心我跟城里人学坏了。忽然间像城里人一样会过情人节了，那还了得！一位40多岁的民工笑着说。

也许你们都想多了！我看他们不像坏人，要不是我妻子瘫痪在床，坐不了车，我肯定叫她过来，好歹也让她离开老家，见见世面！一位50多岁的民工叹了口气说。

民工们的话，让志伟感慨无限，看来自己的情是不会有人领了。

第二天下午，华灯初上的时候，依旧没有人报名。志伟刚准备让他们收拾东西回去，一位40多岁的中年人走了过来，他简单地询问了一下情况后，就说自己报名。

等办完有关手续，志伟笑笑说："他们很多人都因为担心这是骗局而不敢报名，怎么你不怕？"

"不怕！即便是骗局，我也心甘情愿。只要能让我见到老婆就行！我已经有两年没见到老婆了。"说着，那位男子似乎有些哽咽。

"我的家离这儿有上千里地，来回路费比较贵！既然你们打算做好事，能不能好事做到底，连我老婆来回的路费也给解决了！"那位男子小声问道。

"没问题！没问题！"志伟急忙回答。

那位男子说了几句感谢的话，就迈着有力的步伐离去了。看着他的背影，志伟心里百感交集。他多么希望民工们都能过上一个幸福的情人节呀！

孙光明遗事

当白发苍苍的孙光明带着老伴一脸沧桑地回到家乡时，人们就猜测他的儿子出事了。

孙光明是我的远房亲戚。几十年前，他就拖家带口离开家乡去闯关东了，现在回来，连个居住的地方都没有了，他的老屋早被鬼子放火烧掉了，于是就和老伴寄住在我们村头的几间草屋里。

不管谁问起他在东北的经历，他都只是摇头叹息。

孙光明乐善好施。谁家遇上了困难，他都慷慨解囊，一开始大家以为他非常有钱，就悄悄打探他的生活情况，结果发现他和老伴很多时候只是靠野菜充饥。

孙光明喜欢孩子。他经常带着一大群孩子到处玩耍，孩子当然也喜欢跟着他玩，这不仅是因为他会不时从口袋里掏出一两颗糖块，更重要的是他善于雕刻，一段普通的树根，到了他的手里，很快就能变成一件艺术品，孩子们都以能够得到他的根雕为荣。

回到家乡才两年，他的老伴就病了，病很怪，虽不疼痛，却浑身没有力气，找过许多医生，都说没有法子，也就认了命。

孙光明本来喜欢热闹，自从老伴病了，他便不再到处凑热闹，而是天天在家陪着老伴。

一日，老伴忽然说："现在这年月，兵荒马乱的，也不知什么时候是个头！狗子不在身边，我老了，你给我操办后事；你老了，怎么办？"

孙光明有些生气："头发长见识短！战争很快就结束了，狗子也很快就会回来的！"

孙光明的妻子死在一个秋日的深夜，于是第二天早晨，人们就看见一个吸着旱烟的佝偻老头，踏着枯叶，在村里慢慢走来走去。

等把所有的人都找齐了，孙光明吩咐好每个人该干的事，并且把各种所需物品和足够办丧事的钱都交代得清清楚楚。

交代完毕，他有些疲惫："这个死老嬷嬷，死也不会找时间，大半夜的，害得我一夜没睡，你们忙活着，我得休息一会儿！"说完，就到另一间小屋去了。

等他走了，人们都惊叹他了不起，老伴死了，能如此镇静不说，后事竟安排得滴水不漏。

人们正在分头忙碌，忽然听到小屋里传来很大的呻吟声，跑去一看，只见他抱着肚子在地上剧烈地打滚。人们急忙问他怎么了，他摆了摆手，什么话也不说，接着，很快就断气了。

整理遗体时，人们发现他上衣的第一颗扣子没了，而缝扣子的线宛然尚在。这时人们才想起，他上衣的第一颗扣子有些特别，应该是一颗金扣子，这么说，他应该是吞下扣子坠金而死的。

这么说，刚才他是为老伴，也是为自己安排后事啊！

1946 年春天，他的儿子孙敢带着一队人马路过家乡时，人们才知道 8 年前孙光明就把儿子送进了抗日联军，并且把多年的积蓄也全部捐给了部队。

当孙敢看到父母的新坟后非常吃惊，因为早在两年之前，孙光明就托人带给他一封信还有一封遗书，信是以一位老乡的口气写的，信上说孙光明和老伴先后无疾而终，并已安葬好了。父亲在遗书中让他绝对不

能回来,一定要好好打鬼子,因为鬼子很快就要失败了,不然,想打也没有机会了!

人们推算,那时正是孙光明老伴病重的时候,这么说孙光明坠金而死绝非一时冲动。

知道真相之后,孙敢痛哭流涕,他说,这些年来,他一直对胜利缺乏信心,是父亲的不断鼓励才使他充满信心并屡建奇功,想不到父亲竟这样去了!

虽然过去了六七十年,这事在我们家乡还是流传甚广,人们莫衷一是。有人说,他怕妻子孤单,所以要始终陪着她;还有人说,他虽然鼓励着别人,自己的精神世界却倒塌了;也有人说,他这样做,只是为了让儿子毫无牵挂地进行抗日……

斤灯油的爱情

提起张奶奶,村里人没有不竖大拇指的。

多年以来,张奶奶一直一个人过日子。但由于她勤快,好强,日子过得比别人家也差不了多少。她一人拉扯大两个儿子,并为他们娶了媳妇。如今张奶奶早已子孙满堂,再加上她为人很好,成为村里颇受尊重的人。

让人感慨的是,张奶奶今年93岁,却已经一个人过了60多年了。

几十年前,曾有媒婆给张奶奶提亲,张奶奶气愤无比地把媒婆一顿好骂:"我丈夫还没死呢!我改什么嫁?要改,你改吧!"媒婆只得灰溜溜地离开了张奶奶家。

是呀!张奶奶的丈夫确实没死。不过,在20世纪40年代就随国民党的部队去了台湾。最初,张爷爷是被国民党的部队硬抓走的。当时,他们的大儿子才两岁,小儿子还没出生。后来,张爷爷随部队四处转战,几乎没回家。算起来,张奶奶与丈夫在一起总共生活了3年。

据说,张爷爷随部队去台湾前,回过一趟家。当时张爷爷说自己不是称职的丈夫,也不是合格的父亲,心里实在有愧。此去还能不能回来,谁也不知道,自己手里也没有钱,只能给张奶奶装一斤灯油,并告诉她,希望她点完灯油再改嫁。

想不到张奶奶异常坚定地说,你迟早会回来的!我等。

张奶奶说到做到,她不但没有改嫁,而且做了很多令村里人异常敬佩的事。张奶奶一个人带两个孩子,生活格外困难,张奶奶每天早起晚眠。为了多挣点公分,总是干男人才干的重活。张爷爷有个弟弟,虽说也成家立业了,但一点都不孝敬父母。孝敬父母的事,都由张奶奶一个人承担。尤其是婆婆瘫痪后,很难照顾,但是再苦再累,张奶奶也没有一声怨言。村里的好心人都暗暗感慨:命运对张奶奶太不公平了。

这一切,张奶奶都挺过来了。不但挺过来了,而且还过得好好的。她的两个孙子都很争气,考上了大学,还找到了很好的工作。

爷爷回来了!爷爷回来了!

十几年前,张奶奶的孙女动情地呼喊着这令人激动的消息时,落日的余辉正把整个山村渲染得绚丽辉煌。听到呼喊的人都停下了手头的活奔走相告:这一天,张奶奶终于等到了!

那个夜晚,村里人集体沉浸在巨大的喜悦中。大家把张爷爷团团围住,不停地问东问西。转眼已月上中天,这时,大家忽然发现张奶奶不知

去了哪里。急忙四处寻找。

原来，不知什么时候，张奶奶已经独自回到自己居住的宅院中睡觉去了。大家这才觉得光顾着自己说话，竟然把主角忘记了，于是就把张爷爷领到了张奶奶的院子里。人们一边听着张爷爷的叫门声，一边偷笑着各自回家了。

第二天，很多村民都起床格外早，大家都想看看一夜之后这对久别重逢的老人会是什么样子。等大家来到张奶奶家，顿时惊呆。人们只见张爷爷一动不动地倚在张奶奶的门上，一头霜花，如棉似雪。人们认为张爷爷出现了意外，于是轻轻地呼唤他，待到他睁开眼睛，人们才长舒一口气，原来张爷爷就这样睡了一晚。

人们认为张奶奶只是暂时无法接受张爷爷，想不到很长时间以来张奶奶一直不肯接受他。好在他们的孩子接受了，他们用张爷爷带来的钱，在张奶奶的住处附近给张爷爷盖了几间不错的房子，并添置了不少现代化的家具。可是张奶奶依旧独自住在自己破旧的小屋子里，与张爷爷形同陌路。虽然张爷爷也试图为张奶奶做些事，可是张奶奶始终不让张爷爷接近自己。

一年之后，张爷爷得了脑血栓，本来挺健壮的一个人，一下就病倒了。好在病得并不厉害，但是出院之后，依旧行动不便，无法自理。家里人都忙，实在难以照顾张爷爷，就在儿女们一筹莫展之时，张奶奶却来到了张爷爷的住处，主动承担起了照顾张爷爷的全部任务。

张奶奶照顾张爷爷可细心了，村里人看到张奶奶照顾张爷爷的那种认真劲，都不禁感慨落泪。人们都说，要不是张爷爷病倒了，真不知道张奶奶什么时候能够接受他。

半年之后，张爷爷毫无遗憾地走了，给张爷爷办后事时，全村人都哭了。但张奶奶没有。张奶奶独自坐在屋子的一角，神情呆滞地抚摸着一个瓷瓶。瓷瓶用蜡封口，晶莹剔透，里面有半瓶浅黄色的液体。

这是什么？有年轻人悄悄地问，有知情人小声说，是张爷爷去台湾前给张奶奶装下的那一斤灯油。

糖 浆

雷山祖上在清末立过不小的军功，当时朝廷赏赐了雷家不少田产。由于不善经营，再加上兵荒马乱，偌大的产业渐渐败落下去，但老雷家在当地还是最富裕的人家。

雷山 20 岁那年，母亲颧骨边长出一个硬硬的瘤子，就请当地最有名的医生医治。医生姓李，为人憨厚，时已年近古稀，人称李先生。李先生看过病情，慢慢捋着斑白的胡须，点头，继而摇头。雷山急忙询问原因。

李先生说，你母亲这病，来得慢，去得也慢，需要慢慢调理，你们有钱，难免心急，恐怕很难治愈……雷山说，只要能治，再慢也行，我们听你的。

此后几年时间，母亲天天吃药，病情却时轻时重。药费很贵，雷山家的土地渐渐卖得只剩几十亩薄田。这时母亲的病却突然加重了。这天，李先生给雷山母亲号过脉，长叹一声，起身离去。几天后，母亲在剧烈的疼痛中挣扎许久，长嚎一声，从床上猛地坐起，雷山急忙去扶，才发现母亲已没了气息。

给母亲办过后事，雷山知道再也不能过游手好闲的日子，就拜师学起了中医。雷山学医，除了想养家糊口，还想了解一下母亲到底得了什么病。很快雷山知道母亲的病并不难治，只需十几味价格便宜的中药就能治好。可这么普通的病，那么高明医生，怎么就治不好呢？

雷山长叹一声，认真做起了医生。

病人看病，有亲自上门的，也有请他去的。雷山只开方，不卖药。雷山看病仔细，开方实诚，从不与药铺合伙赚黑心钱。因为读过多年私塾，再加上悟性好，几年后，医术就已相当高明了。十几年后，医术已臻化境，给病人看过病后，说三服药能好的，绝对不用四服。

曾有一个病人，得了怪病，全身脱皮，找过几位医生，吃过近百副中药，就是不见好转，来找雷山。雷山看过病人用过的一摞药方，从里面抽出一张，用笔一划，就给了病人。病人几乎哭着出来，以为自己的病没法治了。雷山急忙解释说这个方子很好，可惜一味药分量轻了。病人丈夫依旧不信，说这个方子已吃过几十副，根本不中用。雷山说，几十副都吃了，还差三副？来人郁郁而去。想不到三天后，病人的丈夫背着大篓子，欢天喜地地前来感谢。

转眼新中国就成立了，村里办起了小学，因为附近读书人少，就让雷山做了代课教师。一段时间后，编制问题上级也给解决了。这时，偶有找雷山看病的，只要有时间，雷山就不拒绝，从不索取任何报酬，人们都说雷山是好人。

雷山过去的日子里落下了咳嗽的病根，所以经常喝止咳糖浆。那天上午，雷山正和一群老乡在自家门口聊天，忽然咳嗽得厉害，就急忙回家，随手拿起桌子上的一瓶止咳糖浆，迅速扭开盖子，一口灌下。可是刚喝下，他就吃惊地张大了嘴巴，圆睁了双眼，接着抽搐一阵，一句完整的话都没说出来，就永远闭上了眼睛。

原来，糖浆瓶子里盛的是烈性农药。这药是几个小时前妻子用他喝过糖浆空瓶子从儿子家倒回来的。本来，她打算下午用农药去灭菜地里的虫子啊。

人生百味

抽烟的母亲

女儿今年 12 岁了，非常不愿学习，学习成绩很差。我来自农村，要不是考上了大学，很难离开那个偏远落后的小山村，我经常对她说，好好学习才能改变命运，她根本不听。我想，也许是因为她没在农村生活过的缘故吧，我决定趁她放暑假把她送到老家去，让她体会一下乡下生活。

我的父母都已接近 70 岁了，我本来想把他们接到城里来住，可父母不答应。他们不愿来城里的原因很多，一来怕不适应城里的环境，二来他们知道我的生活也不宽裕，不想增加我的负担。还有，他们舍不得家中的一切，土地、房屋以及杂七杂八的东西。父母只有我这么一个儿子，如果来城里，土地就没法种了，家里的所有东西也几乎都得丢掉或送人，他们根本不舍得。

当我通过电话告诉母亲我的打算时，母亲激动得几乎说不出话来，你真舍得让妞妞在乡下住 50 天！我得让你父亲好好拾掇一下西屋。

不用拾掇，我就是想让她体验一下乡下生活，还有，你要让她好好学习，别到处乱跑。我嘱咐母亲。

我说一句，母亲就答应一句。其实，把妞妞放在我母亲身边，我还是放心的。在教育孩子的问题上，母亲很有一套的，我和姐姐妹妹全考上了大学，就是最好的证明。

放假 3 天后，我和妻子就把女儿送到了老家。我已经半年多没见到父母了，一见之下，发现他们又添了不少皱纹。父母希望我们能在家中住几天，我和妻子都很忙，根本没有时间，吃过午饭后，就匆匆离开了。

10多天后，我给母亲打电话，母亲说妞妞很听话，学习也很认真。妞妞也说乡下生活很好，我真不知道是真心话，还是反话。

一个月后，我再次打电话询问，母亲说妞妞的作业都快完成了，我在放心的同时，又有些纳闷，母亲用什么方法让妞妞变得愿意学习了？

转眼间，假期就要结束了，我回家接妞妞。当我检查妞妞的作业时，发现除了《快乐暑假》等几本印刷的作业做了，需要写的作文、日记之类的，几乎一点都没做，我一下火了，扬起巴掌就想揍她。

妞妞急忙跑到我母亲身后寻求保护，我一下把她拉出来，刚想动手，母亲猛地把我推出好远，我大惊，瘦弱的母亲竟有这么多劲。

是我不让妞妞做作业的，你要生气，就朝我发吧！母亲站直身子，气吼吼地挺在我面前。我知道母亲是偏袒妞妞，我决定回家后再好好教训她。

你奶奶肯定不可能不让你做作业，你不主动学习也就罢了，怎么连基本的作业都不做？回家后，我质问女儿。

真的是奶奶不让我做作业的。女儿涨红了小脸说。

胡说，你奶奶才不会这样呢！因为怕影响我们学习，她甚至在我们十七八岁了，都不舍得让我们干农活。我说。

可是你想过没有，现在我奶奶后悔了，我在奶奶家发现，每当奶奶孤独了，尤其是看到别人儿孙绕膝，尽享天伦之乐时，就会不由自主地絮絮叨叨，要是我的孩子们也没考上大学那该多好，那样，他们也能经常在我身边了。听说你逼我学习，奶奶说，我当初错了，现在不能继续错下去，不喜欢学就别为难自己。后来，奶奶一有时间就陪我玩。

听女儿这么一说，我百感交集。是呀，我们考上大学并离开山村，带给了父母暂时的虚空荣耀，却给他们留下了漫长的真实孤独。近几年，父母年龄渐老，身体已大不如前，干农活已非常吃力，可我们又帮不上一

点忙。如今,周围的住户多已盖起高大明亮的瓦房或楼房,我家的老屋却依旧孤独地蜷缩着、破旧着,如果不进行翻盖迟早会坍塌并荒芜。这一切,怎能不让父母心生荒凉!

过了好久,我才说,无论如何,不认真学习是不对的,你知道,现在社会竞争激烈,学习不好,没有出路。

我怎么不知道? 我说没有完成作业,只是为了不再刺激奶奶,其实作业我都写好了。说着女儿拿出她写在别的本子上的作业让我看,我翻了翻,发现她做得比原来认真多了。不用说,女儿已经长大。在她叛逆的外表下,有一颗孝顺而又善良的心。那一刻,我忍不住热泪盈眶。

女儿还有几天才开学,这天,我和妻子、女儿又回了一趟老家。当我推开家中有些腐朽的沉重木门,看见母亲正坐在一个马扎上抽着烟卷,院子里没有风,一缕缕烟雾便在母亲身边缭绕着。母亲抽烟的姿势很优雅,也很沧桑。

母亲什么时候学会抽烟了? 我惊诧。

你们怎么回来了? 母亲扔掉烟卷,又惊又喜地扑向我们……

别被最爱所伤

虽然不到 40 岁,王炫已经是一家大型投资公司的总经理了,她办事干净利索,有着超强魄力和精力。她喜欢红色,她的办公和生活环境充满了红色。

近来，公司效益不好，很多投资项目效益很差，再加上股市大跌，公司效益持续下滑，她虽然做过很多努力，但依旧难以摆脱困境。本来就经常失眠的她，失眠得更加厉害了。

为治疗失眠，王炫几乎跑遍了京城的各大医院。很多医生给她开出了不少稀奇古怪的药方，但是她知道是药三分毒，所以她不愿吃药。医生们的普遍说法是她的心理压力太大，需要放松，实在没有办法，她只得把多数工作分给了公司的几个副总。她的日常工作轻松了许多，然而失眠依旧没有减轻，每当遇上烦心事，大脑右侧还会隐隐作痛。

王炫很着急，实在不知怎么办才好。

在一次私人会所的聚会中，王炫认识了从美国留学回来两年多黄琳，当王炫无意中说出自己的现状后，黄琳说自己也许能够帮她治疗一下，王炫当然求之不得。

第二天，当黄琳看过王炫办公环境和卧室后，建议她将卧室重新装饰一下，更换一下床上用品的颜色，并在卧室里放上了一些绿色花草。

这样就会不再失眠？王炫半信半疑，但还是接受了她的建议。

那晚王炫睡得很香，一段时间后，失眠就基本好了，头疼的毛病也不治而愈。

简直太神奇了，我甚至不知道你到底是怎样治好我的？这天，王炫问黄琳。

黄琳笑着说："色彩，用色彩呀！"

王炫还是惘然不解。

黄琳就仔细解释说："红色，是红色导致你失眠。红色能够给人产生激情，但也容易让人产生冲动和烦躁。你不该让卧室有那么多红色，你如果想更好地放松自己，最好连办公环境的很多红色装饰品也换掉。"

"不至于吧？红色是我最喜欢的颜色，它怎么会影响我休息呢？再

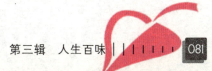

说，我太喜欢红色了，没有红色我简直没法生活！"王炫很痛苦地说。

"喜欢也不行呀！毕竟主观上喜欢并不等于与客观上适合呀！其实很多时候，一个人受到的最大伤害往往来自于自己最喜欢的东西，譬如香烟之于喜欢吸烟者，美酒之于嗜酒如命者。"

黄琳说完，王炫点头称是，还说黄琳的话富有哲学韵味。

王炫问黄琳何以对颜色有如此深的研究，黄琳解释说，她在国外留学期间，觉得用色彩给人治病的专业非常新鲜，就怀着好奇的心理参加了一段时间的学习，这个职业具体的叫法是色彩治疗师。

王炫问黄琳有这门绝技为什么不开一个专门为人治病的诊所，而是一直处于无业状态。黄琳笑了笑说："其实，我虽然学过这个，但骨子里并不喜欢，我喜欢的是哲学，而哲学是我的主要研究方向，可是靠哲学来找工作简直太难了，所以这几年我一直比较落魄"

听完黄琳的诉说，王炫若有所思，过了一会说："我觉得你刚才开导我的理论，用在你自己的身上也是适合的，一个人不能太执着于自己喜欢的东西。别的方面我不敢说，从经济收入和发展空间上看，哲学与色彩治疗学绝对不可同日而语。我是一个商人，请相信我的判断，暂时放下你的哲学，开一家用色彩给人治病的工作室吧！不是说经济基础决定上层建筑吗？如果你连生计问题都解决不了，还奢谈什么哲学研究呀！"

黄琳沉默不语。

几个月后，黄琳的色彩理疗室就风风火火地开张了。还别说，她的色彩理疗室开张后，随着名气的不断扩大，来找她调理的人越来越多……

猜 灯 谜

卢佑志是一家大型商场的经理,作为一位韩国商人,他非常痴迷中国传统文化。工作空闲,他经常拿一本宋词,一边摇头晃脑地诵读,一边慢慢体会词的意境。读着读着,他会不知不觉沉入其中。

这天,他正摇头晃脑地读欧阳修的《元夕》:"去年元夜时,花市灯如昼。月上柳梢头,人约黄昏后。今年元夜时,月与灯依旧。不见去年人,泪湿青衫袖。"忽然想起中国元宵节已经临近了,就决定搞些活动,营造一下元宵的氛围。除了去年搞过的花会和灯会,今年他还想搞个猜灯谜活动,害怕大家参与积极性不高,他决定猜中一个灯谜奖励一包 QQ 糖。同时,设猜谜大奖一个,奖品是一张 500 元的商场购物卡。

为把这项活动办精彩,他费了 3 天时间亲自从各处精选了 1000 条灯谜。这些灯谜,难易皆有,内容涉及社会生活的方方面面。因为他对猜灯谜非常感兴趣,甚至还亲自编写了十几条灯谜。

猜灯谜得大奖的海报贴出后,群众早就蠢蠢欲动了。那天,谜语还没挂出来,等待猜谜的人已经把商场挤得密不透风了。卢经理想不到大家对猜灯谜如此感兴趣,不禁感到了由衷地喜悦。

灯谜一挂出来,现场气氛就达到了高潮,人们你争我抢、争先恐后地拥挤着。卢经理感到猜谜现场太挤了,就来到了兑奖的服务台,想不到服务台前更挤,人们争相把写着灯谜答案的购物小票向服务员手里塞,

几个服务员更是忙得团团转。

出现这样火爆的场面,卢经理虽然感到有些意外,但还是在他的预料之中的。真正让卢经理感到意外的是大家猜谜速度太快了,不到两个小时,1000个谜语竟然就被猜出七八百来。

随着剩余谜语越来越少,猜谜的人也越来越少了。这时,卢经理发现猜谜的多数是年轻人,并且很多人都拿着手机,这是在干什么呢?卢经理感到不解,就快速看了一眼身边那位拿手机的美女,原来她正在把一条谜语的谜面往手机里输。

"打算把谜语发给谁呀?"卢经理问道。

"嘻嘻,谁也不发!"那位女孩说。

"那你是干什么?"卢经理问。

"上网搜一下呀!"女孩脸一红,说。

卢经理心头一震,难道这些谜语的谜底大家不是猜出来的,而是从网上搜到的。

卢经理找了几条已经猜出来的谜语,输入手机,一搜,果然就出来了。他选了几个大家还没猜出来的,搜一下,还真没有。而他自己设计的那些灯谜,竟然没有一个被猜出来。一丝凉意从卢经理心底慢慢升起。

到了下午,剩下的谜语只有100多条了,现场人气更低了,多数人看一会,摇摇头就走了。也有人看一会,拿出手机摆弄一番,同样摇摇头走了。

卢经理正在闲逛,忽然发现一个十二三岁的小姑娘跑到服务台前兑奖。原来小姑娘拿了两张购物小票,每张小票上都写了一个谜底,并且还都猜对了,让卢经理惊喜的是这两个谜语都是他自己设计的。

"小姑娘,这两个谜语那么多大人都没猜出来,你是怎么猜出来的?"卢经理急忙问道。

"这两个谜语,一个是卷帘格的,一个是素心格的,很好猜呀!"小姑娘粉面含春地对卢经理说。

"想不到你小小年纪对灯谜还了解不少呀！"卢经理拍着小姑娘的肩膀说。

"我喜欢灯谜，我爷爷也喜欢，灯谜常识是爷爷教我的！"小姑娘说完，就蹦蹦跳跳地拿着两包 QQ 糖朝远处跑去。

"回来！回来！"卢经理急忙喊到。因为他已经决定，把猜谜大奖发给这位小姑娘。

10平方米房间里的飞翔

大学毕业不久，筠欣就漂在了京城。

上大学期间，她学的是会计专业，本来父亲已经为她在家乡找到了工作，是一家石子加工厂的会计。去报到那天，她走到离石子厂半里多路远的地方就调头回家了，震天的噪音和遍地的灰尘，让她身上直起鸡皮疙瘩。其实她之所以没按父亲的意愿发展，还有另外一个原因，她喜欢表演，她渴望有一天能够成为一部电影的主角，然后一举成名，过上明星般的生活。

一转眼，10 年过去了。这 10 多年间，她虽然在几部电视剧中演过一些小角色，但都是没几句台词的那种，成功依旧遥遥无期。10 年间的风吹雨打，在她光滑的眼角留下无数虽细小却令人触目惊心的皱纹。很

多时候,她对着镜子,双眼不知不觉开始迷离。这时,当年她那张近乎完美的脸蛋才会重新回到镜子里。

她知道是需要尽快回归现实,找个男人把自己嫁掉的时候了。

这时,高歌进入了她的视野。高歌也在北京漂了10多年了,他是搞音乐的,唱歌也写歌。经常背一把旧吉他,在京城东奔西走。当然,她也可以努力去找经济条件好一些的男人,但她觉得那不是她要的生活。

那晚,高歌在天桥下面弹着吉他用他那沙哑的嗓音唱《春天里》,直到听众仅剩筠欣一人,他依旧没有停下的意思。你不觉得累吗?趁高歌唱完一曲,筠欣幽幽地问道。

我剪去长发留起了胡须……岁月留给我更深的迷惘,在这阳光明媚的春天里,我的眼泪忍不住地流淌……高歌甩了甩有些凌乱的头发,用这几句唱词回答她。这时筠欣看到高歌眼里有浑浊的泪涌出,筠欣也不知不觉泪流满面。

也就是从那天晚上开始,他们慢慢走到了一起。几个月后,他们已经考虑结婚了。在这之前,筠欣和别人合租一个不足10平方米的地下防空洞里的格子房,高歌单独租住了一间。他们决定婚后就生活在高歌租住的那间里,不添加任何东西。当然,添加了,也没地方放。

别的都可以省去,你总得和我照个婚纱照吧!这晚,筠欣说。

那是!那是!高歌回答。

在讨论具体问题时,他们却发生了分歧。筠欣最喜欢室外婚纱摄影,她梦想中的婚纱摄影外景基地有三个,一个是海南三亚的亚龙湾,一个是内蒙古的呼伦贝尔草原,还有一个是甘肃敦煌的沙漠。以他们现在的经济情况来看,那都是不可能的事情。高歌想到北戴河海景基地去,筠欣却怎么也不同意。

既然不能去心目中最美的地方,在哪里还不一样?我看还不如干脆就在我们这间屋子里。

高歌看得出筼欣有满脸的不快，但是他实在没有别的办法。

你会不会表演？我们虽然在这里，但也要想象出在野外拍摄时样子！在拍摄婚纱照时，筼欣生气地说。

好！好！好！你说我们现在应该是什么样子？

我伏在你背上，你像一只雄鹰飞翔在浩瀚无垠的沙海……

可是这里只有两三步的距离，你让我怎样飞翔？

那就看你的本事了！筼欣硬硬地说。

你这不是故意让我难堪吗？等到为他们照相的大学同学拿着相机走了，高歌一屁股坐在床上说。

我就是要让你难堪怎么了？我要让你记住你欠我的。筼欣说完就去咯吱高歌，高歌从来就怕咯吱，筼欣还没动几下，高歌早已流出了眼泪。

结婚那天，他们请了两个朋友，从外面买了几个小菜，挤在那个小房间里喝完了两瓶二锅头。房间混乱而狭小，那张漂亮的婚纱照便更加显眼了。婚纱照上，筼欣伏在高歌背上，高歌张着双臂，像一只雄鹰飞翔在浩瀚无垠的沙海上，他们的背后是气势雄伟的祁连山，前面是神秘莫测的戈壁幻海……

整张照片粗犷豪放，浑然天成，一般人看不出那是一张经过 PS 的照片。因为从照相到处理，都是同学帮忙做的，他们这张婚纱照几乎没花钱。

两年后，高歌成名了。他们自然而然地住进了宽敞的楼房，也补照了婚纱照。在这之前，他们搬过好几次家，每次搬家都要扔掉许多东西，但是有几件他们始终没舍得扔，一件是高歌的破吉他，还有一件是那张婚纱照。

再往后，他们的缘分走到了尽头。在分割财物时，高歌想把那套 150 平方米的房子给筼欣，筼欣却固执地只要那张婚纱照。

这天，高歌看着身材单薄的筼欣提着婚纱照在城市坚硬的大街上渐

行渐远,直至彻底消失在茫茫人海。

　　一瞬间,他禁不住热泪横流。接着,他冲到楼下,迅速启动汽车朝筠欣追去……

第N次失手

　　肖佐和肖佑是一对朋友,他们长相差不多,恰似一对双胞胎。由于工作原因,也出于个人感情,他们几乎形影不离,说他们是铁哥们,那绝对没错。

　　肖佐与肖佑能力相当,一般情况下,他们相互配合,几乎没有办不成的事。

　　当然他们也各有特点。肖左稍微懒惰一些,懒惰久了,就变得笨些。肖右勤快一些,因为勤快,干事自然就多。干事多了,自然变得更加灵活。这样,领导让他干的事就更多了。肖佑受到了领导的器重,暗自高兴,他相信自己的付出不会白费。

　　这日,领导买来一件珍贵无比的饰品,这件饰品真是漂亮极了,肖佑一看到就不禁双眼放光,但那只是一瞬间的事,很快,他就表现得非常淡然了。就在这时,肖佐过来了,肖佑发现有那么一瞬间肖佐的双眼也放光了。不过,他也很快就表现得波澜不惊,于是他们一起把玩着这件既珍贵又漂亮的饰品。

领导说，我看得出来，你们都非常喜欢这件饰物，可惜只有一件，我真不知道该给谁好！

这时，肖佐迅速拿起饰品，一下就戴在了肖佑的身上，还说，只有哥哥你才配这件宝物。

也许是太激动的原因吧，肖佑费了好大劲才把那件饰品从自己身上弄下来。弄下来后，他急忙给肖佐戴上说，哪里的话，你戴才最合适！

肖佑一边说，一边后悔，明明是自己灵活，在这个节骨眼上，怎么表现得这么笨拙，反而叫肖佐占了上风。

肖佐少不了一番客套，只是肖佐似乎没有把饰品从自己身上弄下来的意思。

你们能这样友好相处，我就放心啦！其实呀，戴在谁的身上都是一样的，都是一家人吗！领导说。

肖佑本来认为领导会把这个饰品戴在自己身上的，领导这样决定，让他的内心多少有些不舒服。不过，肖佑也并不是心胸狭窄之人，他相信，领导这样决定，自有他的道理。

此后，领导也许为了保护那件珍贵无比的饰品，也许另有原因，反正领导安排肖佑干的活比以前更多了。肖佑认为领导很快就会给自己一个说法，可是过了很久，领导似乎没有这种打算。

多日之后，领导让肖佑与肖佐互相配合，完成一件难以完成的任务。为了更快地完成任务，他们必须使用一把锋利无比的刀。这把刀当然是握在肖佑手中的。他们密切配合，通力合作，终于就要完成任务了。就在这时，肖佑握着的刀忽然迅速地朝肖佐刺来。肖佐大惊，急忙躲闪，还是晚了，利刃已深深刺进肖佐的肉里。肖佐感到一阵疼痛，接着就看见鲜血喷涌而出。

肖佐一边痛苦地捂着伤口，一边死死地盯着肖佑。

作为兄弟，天天在一起，哪能没有矛盾，但是矛盾再多那也是兄弟

呀！你好意思下这种狠手？肖佐说。

我不是故意的，我就是一时失手！肖佑急忙解释。

是呀！你不是故意的！你是否还记得这是你第几次失手了？肖佐说。

肖佑很不好意思摇了摇头。

我知道你肯定记不清的，说实话，我也记不清了，但有一点是肯定的，我的每一个伤疤都是你的杰作。我知道，迟早有一天，你会把我除掉……肖佑仔细看时，果见肖佐伤痕累累。

可是，我真不是故意的……

是呀！你真不是故意的。谁信？请问谁信？肖佐大声地喊道。

肖佑真不是故意的，我可以给肖佑作证。领导急忙出面调解。

我也知道大哥不是故意的，但是为了避免以后出现类似甚至更为严重的情况，我只提一个要求，下次，刀要拿在我的手中。

过了好久，肖佑才说，这得看领导的意思。

领导也沉默好久，你们都是我的得力干将，你们不能有矛盾，你们要互相理解。至于刀吗？我还是觉得应该由肖佑来拿。

既然领导这样决定，我没有意见。但是，为了我自己的生命安全，只要肖佑拿着刀，我就不会跟他合作了。

这不行，你们不合作，怎么能干成事？肖佑不是心胸狭窄之人，他真不是故意的，这一点，你一定要相信。不然，你们以后就没法相处了。你知道，肖佑比你勤快，但是我把最好的饰品戴在了你身上，他不也没意见吗？领导说。

连刀子都使上了，还说没意见！肖佐说。

我确实没意见，我确实不是故意的！肖佑仰天长啸。

作为领导，看到他们闹成这样，我真不知道怎么办才好？但是肖佑确实不是故意的，我对肖佑很了解。

因为肖佑是我的右手，而肖佐是我的左手。那件戴在肖佐身上的饰品，你自然也就知道了，那是一枚珍贵的钻戒。

积水上的乐园

当我走进那家板厂的大门时，十几个孩子正在院子里快乐地打着水仗。宿舍区的洗衣台上并排装着 20 多个水龙头，下面排水不畅，地面上积了一大片水，水下结了一层绿油油的青苔。

这反倒成了孩子们的乐园。他们有的在台子上，有的在水里，一边戏水，一边发出快乐的呼喊。那种呼喊是天性的、自然的、毫不拘束的。几个十二三岁的女孩一边游戏，一边快乐地哼着小曲。那声音虽不圆润，却也异常动人。

我正看得出神，就有人往我身上泼水了。我一看，正是我连襟家的一对双胞胎。他们今年刚上一年级，放暑假后，没人照看，就叫我老婆去照顾些日子，老婆已经照顾 10 多天了。

下午 4 点半，工厂就下班了。数百人急匆匆地挤出厂房的大门。天气热，女职工还正儿八经地穿着汗津津的工作服。男职工多数把工作服脱了，要么拿在手里，要么很随便地搭在油光光的脊梁上。

也许是因为我来了，他们决定用平日接送孩子的三轮车拉我们去赶集。集市上商品琳琅满目，赶集的人用摩肩接踵来形容一点也不夸张。

我问集市上何以有这么多人，他们解释说这里是全国最大的胶合板生产基地，光胶合板厂就有四五千家，哪家也得有数百个职工，现在是下班时间，人多是正常的。

在集市上挤了一圈后，他们买了200多元钱的东西。这些东西，除了吃的，都是生活日用品，看得出他们花钱很大方，并不仅仅是因为我们来了。

回家后，我问他们今年的收入情况，他们说每月6000多元。这对大学毕业、并在教育战线奋斗了接近20年的我来说，是一个很可观的收入。因为我的工资还不到3000元。

我问他们平时工作的劳累程度，他们都说不累。连襟负责打胶，每天顶多打4次就行了，每次净工作时间不超过一小时。工资是固定的，每月3500。多数工人按工作量发工资。小孩她姨因为熟练，速度快，在贴板工人中收入基本是最高的。他们说今年厂里效益不好，很多时间候不到下午4点就下班了。即便这样，她每个月的收入也在3000元以上。

来这之前，我曾和一个朋友说过要来这里，朋友劝我千万别在这里住久了。因为附近遍布胶合板厂，空气中都饱含着浓浓的甲醛。也许朋友的说法有些夸张，但他们的工作对身体有危害，我是早就知道的。

都说甲醛对孩子和孕妇影响最大，偏偏这里孩子和孕妇特别多。因为板厂的活男女都干得了，他们有的是在打工中认识了、结婚了，接着继续在这里打工的。有的是小两口结婚了，为了避免两地分居，特意来这里打工的。既然工作不累，收入不低，还能夫妻生活在一起，怎么会没有吸引力呢？

其实，此前我早就劝他们干几年就别干了，他们实在找不到比这更合适的工作，才一直干着。他们不愿过两地分居的日子，也早已习惯了这种收入水平状态之下的生活。

那晚，我们两家，7个人，挤在一间不足10平方米、连后窗户都没有的小屋里，几乎憋得喘不过气来。再加上晚上我多吃了几块西瓜，于是一次次去公共厕所。厕所里既脏又黑，楼上厕所还不停地向下漏脏水，我一次次小心地侧着身子进出，身上还是难免被溅上一些脏水。

第二天我问他们为什么不出去租个好点的房子住，他们说，在厂子里虽条件差些，但住房、用水都是免费的。出去租房子，每年得几千、甚至上万元。

第二天，我正在厂子附近玩，一辆救护车呼啸着开进了厂子，一会又呼啸着开走了。他们下班后，我问发生了什么事，他们说，一个刚进厂3天的小伙突然晕倒了，也许是中暑了，也许是不适应厂房里过大的味道。我想同他们多聊几句那个小伙的情况，他们都不愿多说。

我在板厂住了3天，临离开的前一天晚上，我躺在床上，翻来覆去，一直睡不着。隔着薄薄的木板，我听到连襟的呼吸均匀而平稳，只是每隔一段时间都要咳嗽几声，很低，却很刺耳。

他们的明天路在何方？也许，对他们来说，离开或坚持，都是无奈。

考研的农民工

这晚，醉醺醺的张工头正一步三摇地朝工地走着，忽然看见工地旁边的昏暗路灯下有人在看书。那人头埋得很低，身上仅穿一条短裤，黝黑的皮肤上闪着油腻的汗珠，周围的蚊子和很多不知名的飞虫围着他上下翻飞。

这人会是谁呢,看书竟如此入迷?张工头向前走了几步,咳嗽一声,那人抬头时,张工头发现是又蠢又笨的小工房民。

什么破书呀,能叫你连觉都不睡了?张工头好奇地夺过书,看了一下就扔到地上,那本书在地上翻了几个跟头后落在了一摊脏水里,封面上几个老外似在探头探脑地望着他们。

你吃错药了吧?一个民工竟学起外语来了,对了,我想起来了,我以前似乎听人说过你准备考研究生!就凭你——小工的活都干不好,还能考上研究生?我看你是想跟我们玩综合实力吧,估计在民工之中,你的英语水平一定是最高的,在考研的人群中,你推小车拌沙灰的水平一定最高!

房民面红耳赤,一句话也没说就拿起书,一边甩着书上的脏水,一边朝睡觉的窝棚走去。

张工头扯着脖子喊:"回去好好睡觉,别一干活就没精神头,工地上有时也危险。"

房民年轻时上过高中,但没考上大学,靠打工过日子,先后通过自学考试获得了专科和本科学历。如今,虽说已接近 40 岁,但他还想考研。

那天晚上的事你别在意,兄弟我佩服你。我缺个管账的,希望你能帮我一下!这天,张工头把房民叫到办公室里说。你确实需要,我可以给你管账,但我不需要别人怜悯,我希望通过自己的努力,靠知识来改变命运,房民说。

我会怜悯你?我是那样的好人吗?靠知识改变命运?可现在能改变你命运的,只有我这个大字识不了一筐的半文盲!说实话,就你这情况,我不要你,恐怕没第二个工头肯收留你,你信不信?张工头语带讥讽很有把握地说。

令大家吃惊的是,两年后,房民竟考上研究生了。接到通知书那天,房民执意请张工头喝酒,虽然张工头一再推辞,但最后还是去了,同去的还有所有民工。民工兄弟们纷纷表示羡慕,房民这回你出头了,以后还认不认我们这群兄弟了？！房民舌头有点儿大，一定认，一定认，我知道大家都照顾过我。喝完酒，房民忐忑不安地捏着瘪瘪的钱包去结账。酒店老板说，张工头早把账结了。

房民终于如愿以偿地来到了自己心仪已久的高级学府。他刚放好行李，几个二十出头的女生就围上来问他是送女儿还是儿子，房民急忙说是自己来上学。一位女生立即用夸张的语气说了句房民听不懂的英语，接着叽叽喳喳地议论开来。此后，房民考上研究生的兴奋劲慢慢消失殆尽，代之而来的是无尽的尴尬。年龄太大无法交流，那一口只有上帝听得懂的英语给全研究生院带去了许多欢乐，房民在研究生院成了另类。

不过，他渐渐调节好了心态，因为他知道考研的最终目的。他学习异常刻苦，各科成绩一直在提高，毕业论文也受到专家们的一致好评。

研究生即将毕业时，他就和其他同学一样四处投简历，别人不久就找到了工作，他却很不顺利，直到毕业。

这天，房民来到他离开了3年的工地，熟悉他的民工们呼啦围上来问他在哪儿工作，每个月挣多少钱。房民脸憋得通红，过了好久才说打算回来继续当小工。

你一个研究生，要给我当小工，有你这样讥笑人的吗？张工头拍着房民的肩膀说。

我确实是来当小工的。房民再次强调。

你是想制造什么轰动效应？张工头猜测着。

房民只得说出了实情。由于年龄和专业等原因，自己虽说研究生毕业了，却找不到工作。房民此话一出，引来大家一番感慨。

张工头考虑了好久说，你就继续管账吧！空闲时间可以出去找工作，工钱我少不了你的。

那不行，当初您就是为了帮我才让我管账的，我本想找到工作后好好报答你，想不到……房民说着说着，竟然哽咽了。

　　过了一会,张工头又解释说,自己叫他管账,还有另外的目的。张工头的儿子因为担心上大学找不到工作而不认真学习,还说房民考研是神经病。房民考上研究生后,他的儿子学习认真了,成绩也迅速提高。如今在一所重点中学读高中,张工头害怕房民毕业后又回来了,会给儿子带来负面影响。

　　张工头说到这里,房民深深叹息了一声,因为他考研也想给自己的孩子做个榜样,他也害怕孩子失去对上学的信心。

　　第二天,房民就离开了工地。后来一直没再回来。有人说房民仍然在做民工,不过是在一个没人认识他的地方罢了,每次往家里汇钱,他都写上同学的单位。

　　张工头很担心房民,他太了解房民了!

猫头鹰的歌咏比赛

　　动物世界举行歌咏比赛,获奖者待遇优厚,各种动物皆跃跃欲试。

　　猫头鹰也想参加比赛,无奈自己长相一般,当然,嗓音也不怎么中听。但他实在按捺不住成为明星的梦想,就在家一遍遍仔细阅读报名要求。有一句话牢牢吸引住了他的眼球,那就是参赛者最好嗓音独特,富有个性。猫头鹰想,自己的嗓音不就是最独特最有个性的吗?没准自己参加比赛,还能得大奖呢!于是猫头鹰就报名参加了比赛。

初赛那天,百灵鸟最先上的场,百灵就是百灵,她的歌声婉转动听,变化无穷,不时引来一阵阵稀稀落落的掌声;接着八哥上场了,八哥擅长模仿别人,他先学了一会画眉,又学了一阵孔雀,接着甚至模仿了一段人类的歌声,同样引来一些零散的欢呼声。

然而动物们的反应总体并不强烈。毕竟他们都是上几届比赛的获奖者,或许其他动物早已听腻了他们的歌声。

这时猫头鹰上场了,猫头鹰还没开始唱,就引来一阵热烈的欢呼声,猫头鹰激动得热泪盈眶,待到他满含深情地开口歌唱,他才发现自己的嗓音实在有些刺耳,他正准备打退堂鼓,想不到周围响起了一阵热烈的鼓掌声和欢呼声。于是他异常兴奋地继续唱了下去,直到唱得口干舌燥,周围的欢呼声都没有停止。

猫头鹰实在是太激动了。

在参加初赛的数百种动物中,猫头鹰发现观众对自己的热情是最高的。猫头鹰实在想不到大家会如此欢迎自己,他甚至有些后悔以前没有参加各种比赛,那样的话,说不定自己早就出名了!

初选结果需要 3 天之后才公布,猫头鹰热切地期待着。这几天里,每当有动物碰见他,都会向他竖起大拇指,称赞他了不起。然而初选成绩公布时,却没有猫头鹰的名字。猫头鹰气愤无比!既然大家这么喜欢我,为什么却惨遭淘汰呢?潜规则!一定是潜规则在作怪!

于是猫头鹰到这场比赛的投资方山羊家论理,希望他能够为自己主持公道!为了充分说明问题,他甚至把自己初选时的录像都带来了。

山羊看完录像,捋着胡须说,其实,即便你不让我看录像,你的情况我也很清楚。那天,你参加比赛时,我其实也在场,只不过躲在一丛灌木的后面而已。我除了听见了大家的欢呼,还听见了一些其他议论,很多人说,嗓音这么难听,还好意思参加比赛,真是没有自知之明。说实话,我认为你有勇气参加比赛是非常了不起的,但是因为听到了大家的欢呼

声就以为是对自己的赞美,甚至不知道自己有几斤几两,就非常不应该了,毕竟受到世人追捧的不一定就是艺术。

猫头鹰目瞪口呆。

这时,卫文的手机响了。刺耳的彩铃声把卫文一下子惊醒,原来,他趴在电脑前睡着了。电脑屏幕上显示的是两年前他在网上连载的一部长篇小说,小说一推出,就受到网友热捧,点击量疯狂上升,他本以为找个出版社正式出版是很容易的事,想不到却始终找不到。为此,他怨天尤人,愤愤地准备花钱自费出版。当然自费出版也很不容易,他好不容易才找到了一家出版社,经过很长时间的努力,前期工作终于基本做好了。出版社的人告诉他只要把几项主要费用打到账号上,就可以签订出版合同了。

不好意思,我打算再考虑几天,卫文委婉地说。其实他已经完全拿定主意了,他决定不再出版这部长篇小说。

5 年之后,卫文的新长篇小说横空出世,很多著名作家和评论家都说这是近 10 年以来难得一见的精品小说,是一部真正的杰作。

最好的名字

虽然已经结婚数年,然而我们却一直没有孩子,到医院检查,医生都说我们非常健康,那到底是什么原因呢?这可把我们愁坏了。

最让我无法面对的是我的公公婆婆，他们一直怀疑我为了演戏，故意不要孩子。其实，我只能在一些普通影视节目中担任一些小角色，连三流演员都算不上，怎么会无知到连孩子都不要呢？跟他们解释过许多次，他们都表示理解。当然，他们嘴上这么说，心里还不知是怎么想的。

前些日子，一场绯闻把我的生活彻底搅乱了，导演助理的妻子怀疑我与她丈夫有染，同我大闹了一场，更可恨的是她竟然以受害人的身份联合网友对我进行了人肉搜索，于是我的所有历史都被他们翻了个底朝天，再加上有些人添油加醋恶意渲染，简直使我无地自容，最后，我请了一年的假，在家做起了全职太太。

好在丈夫对我十分信任，我们的感情并没有发生危机，但是公公婆婆会怎么想呢？我实在没有勇气面对他们。

好在我们热切盼望中的孩子终于来了。

很快，孩子出生了，是个女孩，大眼睛、高鼻梁，可爱极了！全家老少别提有多高兴了。然而这种高兴劲很快就被冲淡了，对孩子的取名问题，全家人意见非常不一致。

我和丈夫倒还好，我们早就约定，一定要把我们的姓氏都带上，如果是男孩就把他的姓氏放在前面，如果是女孩就把我的姓氏放在前面，因此我们打算让给孩子叫兰王婧芮。想不到公公婆婆非常不高兴，原来他们也给孩子取了名字。

他们给孩子取的名字是王芳，对这个名字，我们实在不敢恭维，想不到他们还振振有词，说什么是根据孩子的生辰八字，找了好几家专门取名的公司取出来的，绝对适合孩子。

平日我们挺孝顺，一般不愿让双方父母生气，可是在这件事上我们觉得实在不能迁就了，如果给孩子取个这么俗气的名字，即便别人不笑话，等孩子长大后也会埋怨我们。

这天,孩子过满月,我们再次因为孩子的名字问题争论起来,我的母亲说:"其实,我和孩子的姥爷也为外孙女取了个名字,看你们这样,也就不好意思再添乱了,依我看,孩子的事就让他们自己决定吧!我们老了,就别掺合了!"

想不到公公婆婆依旧没有让步的意思,并且还拿出某个取名轩的取名理由给我们看。看到他们丝毫没有让步的意思,我们只得拿出撒手锏,我打开电脑,用百度搜索了一下,告诉他们说:"你们肯定是被取名公司给骗了,你知道中国有多少人叫王芳吗?接近 30 万,而与王芳有关的记录有 100 多万条,我们的孩子是独特的,怎么能取一个如此大众化的名字呢?"

"可是你们搜索过没有,目前网上与兰王婧芮有关的记录一条都没有,也就是说很可能全国没有一个人叫这个名字!"婆婆说。

"对啊!我们的孩子是独一无二的,当然得取一个绝无仅有的名字!"我说。

"不同意!我们绝对不同意!"公公说。

"那到底是为什么呢?难道你们就那么相信那些招摇撞骗的取名公司!"丈夫说。

"实话实说吧!我们根本没有咨询任何取名公司,这个名字是我们给取的,我们早就上网搜索过了,这是全国重名最多的名字之一,我们就想给孙女取个最普通的名字。"婆婆说。

"你们这就跟不上时代了,现在取名谁不图个新颖!"一直没开口的爸爸说。

"可是你们想过没有,小兰遭遇那档子事后,她的经历为什么被那些人翻了个底朝天?还不是因为压根就没有重名的,如果全国有几十万人与她重名,即便被人搜索或恶意攻击,也不至于那么无处躲藏,我们可不希望孙女再受那么大的委屈!"婆婆说。

闻听此言，我心头陡然一热，大家也都沉默了。最后，我们一致同意让女儿叫王芳。

诗人 爱情

欧也是诗人。

欧也从上高中就喜欢写诗。在那个充满激情的年代里，正值青春年少的他，有时一个晚上就能写出好几首诗，于是高中没毕业就已积累了好几本手写的诗集。会写诗的欧也很令同学们羡慕，大家纷纷称他为"诗人"。

高中就要毕业了，别人都在紧张地复习功课，欧也却沉浸在自己的诗歌世界无法自拔。本来欧也各门功课都非常好，由于受写诗影响，他的高考成绩很不理想，只考上了一所气象学校。大学毕业后，欧也在本县气象局做了一名气象预报员。工作不很忙，工作之余，依旧写诗，并时常在各种报刊发表。

欧也工作几年后，气象局换了新领导。新领导对单位以前的秘书不太满意，有人向领导推荐了欧也。领导让欧也写过几次材料后，觉得欧也写得不错，就希望他当自己的秘书。同事听说这个消息，知道这种情况下，他借助这个跳板，很快就会成为单位的中层干部，都羡慕得不得了。可是欧也竟然说什么也不肯干。

　　大家知道后，纷纷摇头，都觉得欧也实在让人无法理解。不过，也有人能够理解他，那是一位名叫晶晶的漂亮女子。

　　晶晶不但长得漂亮，而且家庭条件很好。本来有个男子看上了她，那人在某实权单位担任中层干部，想不到晶晶偏偏喜欢没钱没势的欧也。他们的恋情在县城引起了很大轰动，婚后他们安贫乐道，琴瑟和鸣，一时间成为很多人羡慕无比的神仙眷侣。

　　本来两人的收入就不高，在妻子单位倒闭，家中有了两个孩子后，他们的家境就变得非常清贫了。更可怕的是妻子在 40 岁那年得了白血病，需要十几万的治疗费。欧也哪里出得起，因为一直沉浸在自己的诗歌世界，平日欧也与人，尤其是与有钱人交往很少，怎么可能借到这么多钱？只能眼睁睁看着妻子抱憾辞世。

　　妻子的死对欧也打击很大，有很多年，欧也不再写诗。不再写诗的欧也仿佛丢了魂，整日行尸走肉般为生计奔波。这时，有人劝欧也再娶一个，欧也却始终不同意。

　　在这样的艰难与困苦中，欧也支撑了十几年。待到孩子成家立业，纷纷离开了他，欧也的晚年生活就显得孤独而苍凉了。于是重新开始写诗，甚至像年轻人一样玩起了博客。

　　在欧也 65 岁那年，发生了两件对他晚年生活影响很大的事。一件是他和一个 50 出头却一直未婚的女子章艳恋爱了；另一件是欧也的村子被划入新城开发区，家中的老屋被拆，作为补偿，有关单位分给他一套价值 50 多万的楼房。

　　本来欧也的 3 个子女是不反对欧也恋爱的，自从欧也有了楼房之后，他们的态度一下变了。他们竭力反对父亲恋爱，甚至希望欧也把楼房卖掉分钱。偏偏欧也说什么也要与章艳结婚，于是欧也与儿女们的关系变得很僵。甚至欧也结婚时，没有一个儿女肯到场。

　　欧也再婚后，虽然和儿女们的关系闹僵了，但夫妻二人的感情还算不错,然而得不到儿女支持的幸福总归是充满缺憾的。这时,欧也依旧写诗,只是诗歌里再也不见了风花雪月和儿女情长,更多的则是对人生的彻悟与对生命的感伤。

欧也是在与章艳结婚 5 年之后去世的。在欧也生病住院期间,3 个儿女一点也不照顾他,却和章艳为房屋的继承权不停地明争暗斗。欧也曾多次叹息着对章艳说:"这些没良心的东西呀! 你放心吧! 遗嘱我早就写好了,放在律师那里呢! "

在欧也病逝后,大家吃惊地发现欧也的遗嘱是用排律写的。在那份遗嘱里,欧也几乎把所有财产都留给了章艳。关于房屋,欧也是这样写的:"谁想霸占都不可,房屋自当归妻住。"

看完遗嘱,欧也儿女们顿时蔫了,章艳泪流满面。

几个月后,因为失去丈夫而变得异常虚弱的章艳忽然收到了法院的传票,来到法院,她竟然听到了截然不同的判决,法院认为,遗嘱只说房屋"归妻住",没说归妻子所有,所以继承权还需重新划分,这就意味着无依无靠的章艳可能连居住的地方都没有了……章艳一屁股坐到了地上,人们急忙去扶她,发现她面色煞白,呼吸微弱,于是急忙送往医院抢救,然而终归没能抢救过来。

对欧也用诗歌的形式立遗嘱,最终却毁了妻子的事,人们众说纷纭,有人说欧也根本不该用诗歌的形式立遗嘱,并且还表达得不够清楚;有人说,从整篇遗嘱来看,欧也已经表达得非常清楚了,是律师断章取义了;也有人说,欧也一生就是个悲剧,欧也错就错在生活在一个不待见诗歌的时代。

给章艳办后事时,人们的心情都很沉重。在处理遗物时,人们在一个木箱内发现了许多本手写的诗集。最上面是章艳的,中间是欧也的,最下面是晶晶的,人们这才知道他们三个人都是喜欢写诗的。

谁落伍了

一阵震天的鞭炮声响过之后,翁同的"新人类"化妆品专卖店就开业了。翁同刚打开大门,一群早已等候多时的男女老少便快速拥进店里。

翁同正暗自高兴,忽然发现进店的人很多,但真正买东西的人很少。原来这些人进店之后,领到礼品,象征性地转悠半圈就悄悄离开了。难道他们仅仅是冲着礼品来的? 这样下夫,岂不亏大了! 再有顾客进店,翁同虽然照旧笑容满面地发礼品,心里却疼得要命。

看来,真是被他想对了,不到一天时间他准备的上千件礼品就全部发放光了,可是化妆品却没卖出几套。晚上关门时,翁同正无精打采地扫着垃圾,忽然发现对门的服装店不知什么时候贴出了一张小小的广告,广告是用一张 16 开的白纸写的,大意是给 40 岁以下的年轻女士改衣服,每件 10 元。更让他感到可笑的是这张白纸的另一面明显已经用过。翁同差点笑出了声,真是寒碜到家了,不但广告内容寒碜,就连广告所用的材料都这么寒碜。给年轻女士改衣服,世上哪有这么寒碜的女士呢?竟然肯穿一件改过的旧衣服。

"怎么啦! 不相信我会有生意是不是? "对门的张女士突然站到她面前说。

"恕我直言,哪个年轻女士不是唯恐自己跟不上时代潮流,谁肯去穿一件改过的旧衣服？"翁同说。

"是呀！我是落伍了，你的'新人类'够新潮，只是潮女们喜欢不喜欢呢？"张女士毫不相让。

张女士是一位30多岁的年轻女士，开了一家名为"衣尚"的服装店，卖衣服，也做衣服，她卖的衣服似乎没有多少特色，每种款式不过一两套而已，不知什么原因，很多年轻女士非常喜欢，一时间"衣尚"服装店甚至成为引导潮流的标志。

翁同很是看不起张女士，他不相信她会超过自己，可是在他们的一次次明争暗斗中，每次都是自己败下阵来。原来翁同也是做服装生意的，服装经营不下去了，他才转行做化妆品生意。以前她的做法也许有可取之处，可是对改衣服的做法，翁同实在不敢认同，他认为张女士一定是吃错了药。

转眼间，一个多月过去了，翁同虽然用尽了各种办法，无奈化妆品专卖店一直门前冷落车马稀，他干脆把两个店员辞了，自己每天无聊地坐在店门口发呆。每当衣着靓丽的年轻女士姗姗而来，他都会非常热情地招呼人家进店看看，可是她们多数理都不理，即便有象征性地瞅一会的，也都很快到了对门的店里。更让他感到郁闷的是对门的生意不但总体很火，而且天天有不少年轻人去改衣服。翁同觉得实在不可思议。

这天，是个阴雨天，商业街上顾客很少。翁同厚着脸皮来到对门的店里，看见店里整整齐齐地放着不少改过和未改的衣服，并且明显都是年轻女孩的，就问张女士有什么经营诀窍，她笑着说："哪里有什么诀窍啊！现在就流行这个！"

"怎么会流行这个呢？"翁同莫名其妙。

"现在很多时尚的女孩都做森女了，你难道不知道？你的化妆品专卖店刚开业，我就知道生意好不到哪里去，如今时尚女孩崇尚裸妆，即便化妆也趋向于用既便宜又安全的国产老品牌，根本不流行你卖的那些价格昂贵的国外大品牌。"张女士平淡地说。

森女？翁同简直闻所未闻，就厚着脸皮了解森女的情况。原来所谓"森女"，又称"森林女孩"，她们崇尚自然、简约、舒适的绿色生活方式，她们主张返璞归真，倡导低碳生活。

"她们做森女，与你有什么关系呢？这么便宜地为人改衣服，你还能赚到几个钱？"翁同依旧不肯认输。

"哈哈！这你就不懂了，和时尚女孩接触多了，我的生意能不红火？还有另外一点，那就是我也是个森女呀！为森女做事，即便得不到任何好处我也愿意！"

翁同再也无话可说，只得悻悻地退出了服装店。回到自己的店铺，翁同看着自己落满了灰尘的化妆品不禁想，自己生意之所以惨淡，除了因为不善经营，跟不上时代步伐也是重要原因呀！

网店犹如爱情

近来，小张颇为苦闷，因为他的爱情与事业同时出了问题。

先说爱情，他与女友王昀是通过网络认识的，王昀不但长得漂亮，而且很诚实。小张认为现代社会，诚实最难得，也最重要，所以特别喜欢她。

可是，近来小张忽然发现王昀并不诚实。王昀一直说自己是个上班族，家庭条件不好。其实，她的家庭条件很优越，她自己也管理着一个有数家连锁店的工艺品店。

至于事业吗,那是因为他前些日子开了个网店。虽然是在网络世界,他认为诚信也是非常重要的,所以店里的东西绝对货真价实。然而,却几乎没人买他的东西。

两件事,缠到了一起,哪件事也不好解决。为此,小张天天发愁。

这天,小张家中有事,网店没人管理,就委托王昀帮忙料理一下。转眼半个多月过去了,等小张急匆匆地赶回来,当他打开住所大门时,大吃一惊,因为原来几乎塞满了东西的小屋竟然已经空荡荡的了。

不好! 遭贼了!

他颤抖着双手拨通了王昀的电话,当他说明情况后,王昀哈哈大笑。你就不会往好处想一想,如果我说那些东西都被我卖了,你不会相信吧! 你还是看一下自己的银行账户吧! 说完,王昀就把电话挂了。

小张立即看了一下自己的账户,果真如此! 那天,小张很快又收到了十几个订单,他一边高兴,一边纳闷。自己经营时,好几天都卖不出一件东西,怎么王昀来了,一下就变了呢?

晚上,小张约她到蓝色雨咖啡店喝咖啡。

平时,王昀穿着非常朴素,不知为什么,今晚她穿得特华美特性感,一袭半透明的薄纱黑裙,衬托得她的肌肤更加细腻而白净。只看一眼,小张就禁不住心跳不止。有一段时间,他们谁也没有说话,就那么静静地欣赏着音乐,默默地品着略带苦涩的咖啡。

"你一定想知道我用什么办法搞活了你的网店吧,你应该早就知道,没人同你做生意,那是因为你缺少信用,可是既然没人同你做生意,你又怎么表现自己的信用呢! "王昀的话虽然有些饶舌,但他还是一下就听懂了。毕竟,他最近一直在思考这个问题。

"对呀! "小张品了一口咖啡说。

"现在,你的网店可以顺利经营下去了,你就好好地讲你的信用吧!

至于我那些手段,像你这样的正人君子就没必要了解了!"王昀略带讥讽地说。

小张软磨硬泡,王昀才说出自己是通过刷信用的方式获得信用的。知道谜底后,小张实在不知说什么才好。其实,刷信用的事他早就知道了,那是一种类似于欺骗的手段,通过一些虚假的交易来获得信誉。非常注重信用的他,确实不喜欢干那样的事。但是,不这样做还有更好的解决办法吗?想到这里,小张不禁再次联想到王昀对他的欺骗,要是王昀一开始就实话实说,自尊心很强的他,哪有勇气同她交往呢?

经过一夜辗转反侧,小张决定明天正式向王昀求婚。

第二天上午,当小张把王昀约出来,并深情地献上一束红玫瑰时,王昀心里比喝了蜜还甜。

其实,王昀这次还是欺骗了他,她并没有刷信用。那些东西多数是王昀让她外地的员工购买的,王昀告诉分店经理,员工们只要从小张网店购买了东西并如实评价,总公司可以报销50%,还说这是给员工的福利。小张网店的东西本来就货真价实,这么便宜的事,员工们怎能不疯狂购买呢?

前几天确实只有她的员工在购物,令王昀高兴的是,最近几天,她发现竟然有越来越多的人前来购物了。

王昀让员工们购买小张的东西,除了想鼓励小张把网店继续经营下去,还想通过这种方式,使他的网店获得最初的信用。她之所以欺骗小张说自己刷信用了,是想让他明白,世上有些事单靠诚信、不耍点手腕是不行的。她相信,小张的网店会顺利经营下去的,一如他们的爱情。

笑容如花

　　锐伟背着沉重的背包，一手提着一个大袋子，蜗牛爬行般穿行于拥挤的车辆和人群之中。当他好不容易走到学校门口时，早已累得气喘吁吁，于是停下来休息。校门上熠熠生辉的几个鎏金大字，让他精神恍惚。

　　4年前，哥哥锐强送他入学，他和哥哥的合影就是以这几个大字为背景的。要不是哥哥出事了，他肯定会来接自己的。

　　他们兄弟两个命途坎坷。他们还很小父母就因一场车祸离开了人世，此后他们跟爷爷一起生活。后来爷爷也去世了。那年锐强13岁，锐伟12岁。

　　那时，他们两个都还在上小学。锐强成绩不好，锐伟一直名列前茅。哥哥主动辍学并承担起供弟弟上学的重任。锐伟也想退学，哥哥说什么也不同意，哥哥经常很大人地说，咱兄弟两个如果都辍学了，会被人看不起的！

　　锐伟上完小学和中学后，以优异成绩考上了大学。这期间他虽然也得到过一些救助，但主要花销都是哥哥出的。尤其是上大学这几年，他每年都得花两万多元，他实在无法想象哥哥是怎样赚到那么多钱的。他也曾问过哥哥几次，但哥哥一直不肯告诉他。

　　直到哥哥被抓，锐伟才知道哥哥一直在偷窃。哥哥一开始只是小偷

小摸,后来甚至有了自己的组织。哥哥因为开锁技术无与伦比,被兄弟们尊为大哥。哥哥被判了 5 年有期徒刑。

锐伟想到这里,挺了挺胸膛,深深地吸了一口气。我必须学会坚强,从现在开始照顾好自己,也照顾好哥哥,他想。

他提起包慢慢朝车站走去。去车站的路有 5 里多,没有公交,当然可以打的,他是为了节约 10 元钱才步行的。

到家后,他把行李寄存在一位亲戚家,开始四处找工作。可是找工作实在太难了!锐伟上的是师范院校,找个临时工也就挣千多元钱,别说照顾哥哥,就连维持基本生活都有困难。要想有编制,就要参加县里组织的招考,难度与考公务员差不多。而和没学历的年轻人一样四处打工,他又觉得大学白上了!经过综合考虑,他决定在家学习,考公务员,也考教师。

锐伟连着考了 3 年,虽说成绩每年都只差一点点,但那一点点的差距却始终无法逾越。这期间,他去看过哥哥几次。每次哥哥都说自己在里面生活得很好的。哥哥越这样说,他的心里越难过。

在第 4 年,哥哥因为表现良好而减刑一年。锐伟知道哥哥很快就出狱了,如果自己仍未找到工作,怎么照顾哥哥?为找工作,他四处奔忙着,可是越着急,越不好找。转眼就到了哥哥的出狱时间,接哥哥这天,锐伟心情复杂。

锐强看见弟弟后迅速向他走去,锐伟也急忙向前跑去。在抱住哥哥的那一瞬间,锐伟忍不住啜泣起来。

哭什么!我这不是好好的吗?告诉你个好消息,有一家大型锁厂聘我当技术顾问了,月薪一万。有好几家锁厂争着聘我,我选了一家条件最好的。锐强眉飞色舞地说。

对了!你找到工作了吗?锐强擦了擦弟弟的眼泪问。

锐伟摇头。

不要紧的！其实找工作挺容易的。我是因为开锁技术几乎无人能比而被锁厂看中的，前些日子出狱的几个男子因为经常打群架也都找到了不错的工作。我虽然没学问，也知道会开锁、能打群架根本不算什么本事，虽然如此，不也找到了不错的工作吗？所以呀，你只要有特长就行。说说看，你有什么特长呀？我帮你参谋参谋到什么地方找工作。锐强说。

我哪有什么特长呀！弟弟思考了一会，再次摇头。

不用什么了不起的特长呀！哪怕最不起眼的一点点特长就行。哥哥再次提示弟弟说，一点点就行。

哪有呀！我哪有呀？弟弟使劲摇头。

不对！你仔细想想，你应该有的，你上了这么多年的学！哥哥稍微有点吃惊。

我哪里有呀！我会的，几乎任何一个大学生都会。弟弟几乎哭了起来。

那也不要紧呀！我不是找到工作了吗？这样你就可以安心学习了。这几年我在里面耽误了你的前程，真可惜！你不是想考教师或公务员吗，凭你的聪明脑瓜，只要安心学习，很快就能考上的。当然呀！你也别太累了，实在考不上你跟我学开锁也行，不用 10 天，我就能把自己摸索出来的开锁技术全部传给你。不是有多家单位争着聘我吗？你有了我的技术，不愁找不到工作。哥哥拍了拍弟弟的肩膀说。

闻听此言，锐伟顿时热泪盈眶。

兄弟两个再次抱在了一起，紧紧地。当他们肩并肩走出监狱时，脸上都洋溢着笑容，灿烂如花。

老　　赵

　　赵明今年 39 岁，与办公室那些 20 出头 30 不到的年轻人来说，年龄是大的了，于是大家都管他叫老赵。其实大家之所以这样叫他，还有另外一个原因，那就是赵明做事刻板，遇事不肯变通，别人都说他做事像个六七十岁的老头子。

　　老赵所在的办公室负责宣传工作，说白了，就是给单位写材料。单位的材料多，老赵经常加班到深夜。加过班，第二天老赵上班时眼睛往往红红的，同办公室的年轻人就取笑他："老赵昨天晚上又加班了吧！"老赵点头。"像你这样天天加班你老婆能受得了！"同事坏坏地笑着问。大家都知道同事所说的"加班"有另外一层含义，也跟着一起坏笑。

　　"小毛孩子！闪一边去，我老了，早就没那些事了，哪里像你们年轻人！"老赵也故意装老，一边说，一边大大咧咧地笑着。大家再一次哈哈大笑。

　　与同样写材料的其他人来比，老赵更累些，这是因为老赵一直坚持手写。不管有什么写作任务，老赵首先是亲自了解事件的经过，然后考虑切入点，最后下笔写。在写作过程中，老赵往往不停地写了改，改了写，反反复复好多次才定稿。定稿之后，老赵再把稿子打到电脑上。别人曾经多次劝老赵直接用电脑写作，老赵也曾试着直接用电脑写了几次，感觉很不习惯，所以最终还是坚持用笔写。

这样的写作过程要比直接用电脑写作要累多了。所以同时布置的任务，别人很快就写好了，唯独他往往拖后腿，所以老赵经常挨领导的批评。

"完不成任务，你加班呀！别人都完成了，怎么就你完不成！"这次，领导又因为他没有完成任务而批评他了。

老赵不说话。

看到老赵不吭声，领导接着批他："你知道别人是怎么完成任务的吗？他们都加班到10点多，你倒好，一下班就准时回家，有你这样干工作的吗？你有没有责任心呀？你不知道领导对我们这份材料多么重视！领导要是怪罪下来，可别怪我不替你担着！"

"我也加班了，这几天晚上我每天都加班到12点多！"老赵小声说。

"你加班到12点？加班到12点都还没完成，你可够认真的！"领导显然不相信老赵的话。

老赵知道，同办公室的其他人，每次加班都是在单位的办公室。这样，只要领导在单位就一定会看到，唯独老赵从来不在办公室加班。其实老赵心里很清楚，写材料在家中更安静，更有利于写作，大家之所以在单位里加班，是为了让领导看见你工作很努力罢了。相反，你在家中加班，谁也不会看见，更不会有人相信。

其实，别人材料写得快，除了是因为直接用电脑写作之外，还有另外一个原因，那就是他们一般不是自己写，而是接到任务后，到网上搜索相关的内容，然后复制下来，再根据本单位的情况简单修改一下就行了。复杂一些的材料顶多多搜几篇相关材料，把他们的精华部分拿过来，最后再用自己的语言连缀起来。这样，写出来的材料虽然空洞但是却很有文采，往往很讨领导喜欢。

很明显，老赵的做法就是费力不讨好。也许因为这个原因吧，老赵虽然在办公室中年龄是最大的，资格也是最老的，但是连个副主任也没当上。

这年,年终又要写总结了,往年年终总结都是同办公室的小孙写,领导觉得每年都是大同小异,几乎没有变化,就让老赵来写。经过七八天的努力,老赵终于把材料写出来了,拿给领导一看,领导当时就火了:"拿回去重写!照你这样写,我们单位 3 年的工作白干了!"

原来,在有关数据方面,小孙一直是按照一定的比例年年增加,老赵写的材料却是实事求是的。

"我只能写成这样了,我已经尽力了!"老赵就是坚持不肯更改有关数据,最后,没有办法,领导又把任务重新给了小孙。

半年后,单位进行人事调整,小孙等一大批年轻人都被提拔了,老赵却依旧原地不动。有人劝老赵改变一下自己,不然将很难有大的发展,老赵却始终不肯改变,知道情况的都为老赵感慨。

不过一年,单位出现了戏剧性的一幕,小孙等好几个人要么被削职,要么被挪到无关紧要的科室,老赵却得到了重用。至于原因吗,一般人都能猜出来,单位的一把手换了,而那个新换的一把手是个知人善用的好官。

医院中的姐妹

一觉醒来,秋雁习惯性地去摸自己的脸,她感觉脸上的皮肤细腻光滑,仿佛回到了 40 年前。40 年前,秋雁是村里最漂亮的姑娘之一,然而却没有敢公开追求她的人。这一方面是因为那时人们在爱情方面还不够大胆，另一方面是因为秋雁有个腿脚不灵便一直没找到媳妇的哥哥，父亲为续香火，想用她来给哥哥换媳妇。

40年的时光一晃而过，秋雁摸着如此光滑的皮肤精神不住地恍惚。她使劲按了一下脸，想让自己回到现实。可是她感觉仿佛按了个没蒸透的馒头，按下去，就再也弹不起来了。

她一下慌了神，急忙去摸窗台上的镜子。镜子里是一张严重浮肿的脸。

此前，秋雁因为身患风湿病，一直在吃药。前些天身上就有些浮肿，想不到今天肿得这么厉害。她想爬起来，可是浑身沉重而疼痛。看来，得去医院治疗了。

起床后，老伴陪她去了县第二人民医院。在医院打过两天的针后，秋雁感觉浮肿消退很多。这天下午，秋雁从病房中出来散步，来到楼梯口，忽然看见一个人扶着楼梯艰难地向下走。

妹妹！秋雁脱口而出。

秋雁的妹妹冬月比她小两岁，今年65岁了。两年前得了脑梗，住过一个多月的院后，勉强可以独立行走了。看来，现在病情又加重了。你哪天来的？秋雁急忙问。

冬月急忙一瘸一拐地从楼梯上下来，一把抱住秋雁，泪水唰唰流淌。

原来，冬月脑梗又加重了，已经住院10多天了。秋雁问妹妹下去干什么，冬月说刚打完针，准备买点吃的。秋燕问为什么不叫别人下去，冬月的眼泪再次涌了出来。原来，冬月住院这些日子一直没人陪护。

是呀，谁能来陪护她呢？冬月的老伴3年前就因肝病去世了。冬月有两个儿子，大儿子和他父亲一样也有肝病，平日一直卧床在家。小儿子在离家二百里外的一个县城当工人，因为收入很少，一直没法还清家中的债务。冬月住院后，都是他抽时间来交钱。他不可能请假陪母亲，单位不允许，即便单位允许，冬月也不会允许，他是家中唯一能挣钱的人。

秋雁还想和妹妹多聊几句，忽然看见妹妹的双腿不住地打战，于是急忙去扶妹妹。冬月急忙说："不要紧的！站久了，就这样。"

"你这个样子，怎么下去？还是我给你买吧！"秋雁急忙说。

"不用！不用！我能行！"说完，冬月一瘸一拐地下楼了。

回到病房，秋雁感觉心里又堵又闷，40多年前的往事，再次浮上脑海。

当年父亲打算用她给哥哥换媳妇，在哥哥把换来的媳妇娶进家门时，她却逃走了。父亲找不到她，就又劝又逼地让冬月嫁给那个男人。冬月从结婚几乎没过一天好日子。男人一直身体不好，重活全部由冬月干。两个儿子先后出生并渐渐长大，生活似乎有了希望，可是大儿子偏偏身体也不好，如今接近40岁了，仍然没有找到对象。小儿子今年快30岁了，也没找到对象。

秋雁当时逃到了邻村的一位青年家，此前他们已经有恋爱关系，后来他们就生活在了一起，如今生活虽平淡，但比妹妹强多了。其实，那时妹妹也有自己的恋人，她本想等哥哥和姐姐办完婚事，就向父母说明自己的情况。妹妹为了哥哥，为了姐姐，也为了整个家庭，牺牲了自己一生的幸福。

第二天下午，秋雁的女儿琳儿来看她，秋雁把冬月的情况告诉了她，还告诉她冬月就住在楼上。琳儿急忙上去看，问护士，护士说没有这个人，于是又回来问母亲。秋雁猛然想起冬月每次住院都用自己的名字，于是让女儿再上去问问。这次护士知道了，不过说她已经出院了。琳儿转身离开时，听见护士在悄悄议论，真是个可怜人，没钱不说，从住院开始，竟没有一个人来陪她。

你小姨肯定是怕花钱才匆忙出院的。秋雁知道情况后说。

原来，因为家庭实在紧张，她为了省几十元钱，就一直没办合作医疗，她每次住院都用姐姐的名字，最后再借姐姐的合作医疗证办出院手续。想不到这次姐姐也住进了医院，这样，她就没法冒用姐姐的名字了，住院花的一万多元得全部自己承担了。

我怎么单单在这个时候生病呢！秋雁边说并用手拍打着病床，泪水瞬间就流了一脸。

咫尺天涯

在一座整洁而寂静的公寓里，一位满脸皱纹的老夫人正拿着电话，用枯瘦的手指在键盘上熟练地拨着号码。

很快，电话那边就传来了嘟嘟的声音，老夫人脸上的笑容仿佛初春时节含苞欲放的牡丹，只等春风一吹，便可绽放出满城灿烂。

然而，春风却没有吹来，电话响过几声后，那边传来"对不起呀！我现在很忙，有事请留言……"的提示。

老夫人拿着电话，静静地站了一会，就把电话挂了。

"忙！你忙就忙吧！"老夫人一边嘟囔着，一边收拾东西，然后背上长剑，就出去晨练了。

这时，东方露出一片粉红色的霞光。

晨练归来，老夫人吃过简单的早餐就又出去了。几个小时后，她带

着一大袋青菜回来了,她把袋子放到厨房,再次来到电话前,拿起电话,静静地站了一会,然后摇了摇头,把电话扣了。

她看了一下表,接着到厨房忙碌起来,不久,她就做出满满一桌子饭菜。

她把饭菜重新调整一番,然后摆上 3 双筷子、3 个酒杯。她又看了一下表,打开电视,拿着遥控器,不停地换着台,当她把所有的节目都浏览了一遍,就把电视关了。

有一段时间,她只是呆呆地坐着,除了偶尔看一下墙上的表。

这时,她又看了一下表,接着拿起电话,开始拨号。

静静等待。

电话那边传来了嘟嘟的声音,响过几声之后,再次传来"对不起呀!我现在很忙,有事请留言……"的提示音。

老夫人仰起头,看了一会天花板,又看了一会窗外马路上川流不息的车辆与来来往往的行人,然后摇了摇头,轻轻叹息一声,就把电话挂了。

老夫人坐在沙发上,出了一会神,打开一瓶酒,把旁边的一个酒杯倒满,然后又打开一罐饮料,把另一边的酒杯也倒满,接着又在自己的酒杯里倒上白开水,就独自一人慢慢吃喝起来。

吃过饭,老夫人刚拾掇好桌子,茶几上的电话就突然欢快地唱起歌来,老夫人急忙跑过去,接起电话,老夫人接连答应几声,就放下电话,换上衣服,匆匆出门了。

老夫人回家时,已经是下午 5 点多了,她的手里提着一个小巧而精致的生日蛋糕,她把蛋糕放到桌子上,又打起了电话。

电话很快就打通了,但这次与上几次不同,电话不但没人接听,而且连留言提示音也没有了。

老夫人一下慌了神,嘴里一直嘟囔着:"怎么会这样呢?怎么会这样呢？"

她立即挂断电话，再次快速拨下了那串号码，通了，依旧没人接，也没有留言提示音。

这下老妇人真急坏了，她慌乱地放下电话，冲进卧室，快速打开一个精致的坤包，翻出一部粉红色的漂亮手机，细心地检查起来。她翻来覆去检查了好久，突然跌坐在沙发上，目光呆滞，喃喃自语："婷儿，难道你不记得今天是你的生日了吗？打电话你不接，也不留言，你到底有多忙？以前你不是再忙也要留言吗？今天你到底是怎么了？"

过了一会，她又突然清醒过来，她定了定神，擦着有些发红的眼睛，兀自摇了摇头，接着又拿起手机仔仔细细地检查起来。

看起来手机似乎没有任何毛病，可是留言声为什么突然就没有了呢？老夫人茫然不解。不过，明天，总会找到解决办法的，老妇人把手机紧紧地贴在胸口想。

原来，这部手机是她女儿婷儿的，而婷儿早在一年之前就牺牲了。当时，她作为一个志愿者到汶川参加抗震救灾活动。作为一名医护人员，女儿生前就非常忙碌，所以在电话里设置了这个留言提示，女儿牺牲后这部手机却有幸留了下来，于是老夫人就一直为手机交着话费。半年前，他的老伴也去世了，社区里让她进敬老院，她却以自己身体很好、完全能够自理为由拒绝了。

她之所以经常拨这部电话，其实只是想听一下女儿的声音。

社会万象

我也要朝活

叶蔷刚刚进入梦乡,楼上就传来了开门和关门声,叶蔷翻了个身,愤愤地骂了句,接着睡,可是怎么也无法再次入睡,因为楼上弄出的各种或大或小的声音,不住地刺激着她脆弱的神经,她禁不住又骂了几句更难听的话。

叶蔷有个毛病,那就是睡着后如果被人吵醒就很难再次入睡,可是自从她租住了这栋房子后,楼上的那对夫妻似乎故意和她做对,每天都是这样,很早就弄出各种或大或小的声音,这让她非常生气。

她在床上辗转反侧了好久,才发现窗外透进一丝光亮来,叶蔷看看表,刚刚 4 点半。真是有病呀!起床这么早!叶蔷不禁又骂了句。

从被吵醒,她几乎没睡着,但叶蔷还是和往常一样,赖在床上直到 10 点多才起来,她洗过脸,还是觉得头昏脑涨,两个眼睛更是红得厉害。

中午出去买饭时,叶蔷碰巧看见楼上那对夫妻有说有笑地从楼下走上来,叶蔷非常生气地瞪了他们一眼,那对夫妻很不解地看了看她,照旧说笑着上楼去了。

叶蔷吃完饭,和朋友整整玩了一天,当她回到住处时,已经接近晚上 11 点了,不过她一点睡意都没有,她在 12 点之前很少睡觉,今夜她和几个朋友在舞厅跳过舞,朋友一直跳那种节奏很慢的舞,这让喜欢跳快节奏舞蹈的她玩得极不尽兴。回到家,她就打开音响,疯狂地跳起舞来。

她正跳得高兴,忽然响起了敲门声,这么时候,谁来干什么?叶蔷通过猫眼一看，竟然是楼上那对夫妻，于是非常不高兴地开了门。

"请问您能不能把音响声音调得小一点？"那位女子小声说。

"请问我为什么要调得小一些呢？"叶蕾故意反问道。

"声音太大，影响了我们休息。"楼上的女子说。

"你们还知道受影响呀？那你怎么不想想每天早上4点就起床，会不会对别人造成影响呀！"说完，就"砰"的一声把门关上了。

生气归生气，叶蕾还是调低了音响的音量，12点多就收拾一下上床了，可是她仿佛刚刚合眼，楼上照旧响起了开门关门声。受不了了！受不了了！我要想办法尽快离开这里。

两个月之后的一天下午，叶蕾正在家中看电视，忽然看见本市电视台正在做一期访谈节目，而受访的人竟然是楼上的那对夫妻，叶蕾感到不可思议，她实在想象不出他们能有什么本事竟然被电视台采访，于是好奇地看了起来。

原来他们夫妻二人都是作家，今年竟然各自出了一部很有水平的长篇小说。

"听说你们都是普通的上班族，并且工作时间很紧，哪有时间写作呀？"主持人问道。

"我们都是在清晨写作，我们很少看电视，一直坚持早睡早起，一年四季每天4点准时起床，活动一个小时，5点开始写作，6点半左右开始做饭，并为一天的生活做好准备，然后去上班！对很多人来说，去上班是一天的开始。可是我们却觉得上班之前那段时间是一天中最重要的时间，或者说，上班之前我们已经把一天中最重要的事情基本做完了！"那位女子说。

"这么说你们是典型的'朝活族'了！"主持人说。

"也可以这么说吧！'朝活族'虽然是个新名词，但其实我们已经朝活了许多年了！"那位男子说。

　　叶蔷想不到这对看起来年龄比自己大不了多少的夫妻,竟然取得了如此惊人的成绩,而自己正好相反,每天在近乎疯狂的夜生活中,耗费了太多的青春和精力。

　　几天后的一个上午,叶蔷出门时正好碰上了那对夫妻,她非常热情地向他们打了个招呼,并真诚地说:"祝贺你们! 年纪轻轻就成了作家,以前影响了你们,真诚地向你们道歉!"

　　"不! 其实应该道歉是我们! 我们起床早,虽然尽量少弄出声音,但还是影响了你,今后我们一定会更加注意!"楼上的女子说。

　　"不,不用,你们以前确实影响了我,但是以后再也不会影响到我了!"叶蔷急忙说。

　　"怎么了? 难道你要搬走?"

　　叶蔷说:"有你们这么好的邻居,我怎么舍得搬走呢? 自从看了那期节目,知道了你们非常了不起的成就后,我就决定改变自己,我要彻底和过去的生活方式说再见,不做'夜活族'了,我也要做个健康有为的'朝活族'!"

最时尚的猪

　　厉林颤颤巍巍地把一大桶食倒进槽里,十几头猪你争我抢地奔过来。它们吃得很欢。

厉林家住城郊，多年来一直靠种地为生。近几年土地多被开发，厉林失去最后一块土地后，养起了猪。一开始养母猪，技术不行，加上仔猪价格变化较大，总体亏多赚少。别人就建议他养肥猪，说肥猪好管理，价格也相对稳定。

这是老厉养的第一批肥猪，按日期，几个月后就该出栏了，眼看生猪价格渐渐提高，他从心底里高兴。"哎呀！你的猪怎么这么小呀！不会有病吧？"这天，老厉正喂猪，找他办事的老张说。"胡说，猪精神着呢！""可是比我的小多了，你不信去看看。"

看后，老厉吃惊不小，老张的猪确实大很多。再看别家的，也比自己的大。怎么回事？老厉着急了，回家研究半天，没研究出个所以然来。只得找兽医。村里王兽医过来时，猪们正在吃食，王兽医看见猪生龙活虎，说猪没毛病，说完就要走，老厉当然不让。等猪吃过食，老厉逼王兽医认真检查。王兽医忙活一下午，累出一身汗，还说"猪没毛病"。

送走王兽医，老厉又去找别的兽医，兽医接连来了好几个，都说猪没毛病。这下老厉犯愁了。

以前老厉没在意，现在注意了，天天看猪的长势，甚至特意称了几头猪的分量。半个多月过去，再称，都没长，有几头甚至比原来轻了好几斤。

这天，老厉正犯愁，村里高音喇叭忽然响了，原来市里的科技下乡队来了。老厉遇到了救星般，快速朝村委大院跑去。"你这猪实在奇怪，我们从没见过这样的情况！"仔细检查后，市里两位专家无可奈何地摇头。

厉林的猪得了怪病，虽说活蹦乱跳，可越来越小，连市里专家都治不了。这消息迅速在当地传播，很多人都来瞧怪猪。老厉愁得连哭都没地方。

这天，老厉的侄子厉军回家办事，他在城里一家三星级酒店当经理。老厉愁眉不展地向侄子说了猪的情况，厉军拍着大腿说："也许是吃我们酒店剩菜弄的！"听侄子这么一说，老厉眼睛顿时瞪得比铃铛还大："害猪事小，害人事大呀！这菜猪吃了都不行，人吃了那还了得！"

"大爷,你错了,猪吃不行,人吃就行了!"厉军哈哈大笑。

厉军笑过,眼珠一转,"好了,你别犯愁了,你以后只管继续到我那里拉剩菜喂猪,至于这些猪,我会用一般猪5倍甚至10倍的价格回收。"

"你必须告诉我实情,否则,你出100倍的价格,也不行!"老厉倔强地说。

"我们酒店近来推出魔芋系列保健菜,这些菜有减肥防癌等作用,这些菜吃的多,剩菜也多,最后都被你拉来了,所以你的猪才越来越小!为宣传这些菜,我们投资不少,甚至还请了几个半拉子明星做广告,但很多人还是不相信菜的神奇功效,下一步我们不请明星了,请你的猪做广告。等我把保健菜宣传够了,再把这些猪杀了做菜,还能赚一把。不过,你现在还得保密,这猪影响力还不够大,我想办法再为猪造造声势。"厉军压低了声音说。

"城里人疯得找不着北,想不到猪也要跟着疯了!"厉军走后,老厉一边自言自语,一边点上一袋旱烟,也许抽急了,呛得他前仰后合咳嗽了好一阵。

复　活

2040年年底,以美国科学家查理为首的科研群体终于做出了一个震惊世界的重大决定:首次对冷冻人体进行复活实验。

消息一公布,世界的目光全聚集到了美国。虽然当时科技水平大大提高,但疾病衰老等诸多问题依旧困扰着人类,如果实验成功,很多人就可以接受冷冻,等技术先进了再复活。有人甚至设想,一个健康人也可以对自己进行冷冻,从而使冷冻就像睡觉那样平常,进而使人的生命无限制地延长。

查理是人体复活研究的首席科学家,对这项技术,他已经研究了近60年,他们进行了多项科技攻关,其中很重要的一条就是如何把冷冻人体从零下196度升高到人的正常体温,因为解冻过程中,弄不好就会使人体细胞遭受破坏,而人体各种器官里的细胞成分和含水量都不一样,要确定一个适宜的解冻速度非常困难。

经过多次试验,他们终于研究出了激光同步分区加热技术,采用这项技术,可以使人体各个部位同时受热,而各个部位温度高低又可灵活掌握。这项技术他们已经在动物身上试过多次,但在人身上是否能行,他们谁也拿不准。

首个不锈钢罐从贮藏室里慢慢升上来了,钢罐里有一个健壮的冷冻人体。冷冻前,他是足球运动员,之所以被冷冻,是因为患了一种特殊的神经瘤。这种病现在已经很容易治疗了,只需用激光做个手术,然后用纳米量级的分子机器人修复部分受损的神经细胞就行了。

解冻流程是由电脑控制着的,当不锈钢罐上升到预定位置后,一系列复杂的操作就自动开始了。

查理目不转睛地盯着解冻进程,一滴滴汗水顺着他布满皱纹的老脸慢慢滑落。与查理他们同时观看这个过程的还有数十亿网民和电视观众。

解冻、回输血液、激活心肺……

当这一切终于结束,人们紧张地等待着。好久、好久,那人终于像刚睡醒一样伸了个长长的懒腰……

一直鸦雀无声的观察室里顿时沸腾了,整个世界也跟着沸腾了!

接下来一切非常顺利,那人做完手术,回复得很快,经过多项检测,

身体完全正常。

全世界人民都在热烈地谈论着这个话题……

很多人都打算对自己进行冰冻……

几天后，那人突然发烧、抽搐、内分泌失调、神经系统也紊乱了……这到底是什么原因呢？一个世界顶级的会诊群体迅速组织起来了，可他的症状实在太特殊、太复杂了，无论怎样治疗，病情依旧迅速恶化……

这可如何是好？他们想出了唯一的解决方法，那就是对他再次冷冻，等技术先进了再治疗，科学家们都希望他能同意，可是他却倔强地一再摇头，人们只能无限遗憾地看着他永远离开了世界。

科学家们希望这仅仅是特殊情况，于是又选了 3 个人进行复活。不过这次他们做得很秘密，想不到那些人复活后，也很快得了同样的病，科学家们只得对他们进行再次冷冻。

导致这样的结果，这到底是什么原因呢？又该如何解决这个问题呢？科学家们百思而不得其解。就在这时，查理却顶不住了，他的癌症已经到了晚期。

作为对人体冷冻研究奉献了一生的首席科学家，只要他同意，就可享受免费冷冻。弥留之际，助手们问他是否同意，他指了指枕在脑后的遗嘱。助手准备提前看看，他却倔强地摇了摇头。

当查理永远闭上了双眼，助手们快速打开他的遗嘱，发现里面只有两条内容，第一条是他不接受冷冻；第二条是复活者之所以很快都患了同样的疾病，也许是因为冷冻几十年后，人体原有免疫系统无法适应新环境，所以最好的解决办法是同时冷冻一块或大或小的生存空间，等被冷冻者复活后，同时激活那块空间，让他在里面生活。

如果最终没有办法让他出来，他也许只能像瓶子中的鱼一样，永远生活在那个封闭的空间里。

千年灵树

　　山东省莒县浮来山是一处远近闻名的旅游胜地。这座山之所以远近闻名，除了拥有深厚的文化底蕴，还有一个重要的原因，那就是山上有一棵树龄接近 4000 年的古银杏树。此树现高 26.7 米，树冠遮地 20 余亩，树干周长 15.7 米。经专家鉴定，是"天下第一银杏树"。

　　此树虽经历数千年的风风雨雨，但至今阳春开花，金秋献实，生机盎然。但在今年的夏天，这棵千年古树却遭遇了一场从未遇到过的灾难。

　　从 5 月份开始，这棵银杏树的树叶出现了不同程度的干枯，一开始只是部分树梢叶片的边缘有些干枯，景区的工作人员虽然注意到了，但也没怎么在意。过了些日子，叶片干枯程度越来越严重，几乎整个树冠的叶片都出现了严重的干枯现象，有许多树枝甚至提前开始落叶。对这棵古树来说，这可是从没出现过的现象。

　　景区工作人员不敢大意，急忙上报有关单位。这消息很快就传到了省里，省里很快就派来了几位专家，对这事进行研究并寻找对策。

　　因为树叶干枯是从 5 月份开始的，当时下过一场小雨。专家首先想到的是雨水有问题，但是定林寺内除了这棵银杏树，旁边不远处还有一棵，后院之中也有一棵 1300 多年的古银杏树，这两棵树都没出现干叶现象，山上遍布的其他树种也未出现干叶现象，所以雨水有问题的怀疑就

排除了。

接着，专家们又想到了另外一种可能，那就是银杏树本身生病了。于是专家们又对这棵银杏树进行了很久的专门研究，从树根到树干、再到树皮树枝、再到树叶本身，但还是没能发现任何问题，因为银杏树本身具有很强的抗病虫害能力，一般不会染病。

接着专家们把研究范围再次扩大，研究大树周围的环境，是不是因为周围环境变化或者天气干旱，大树吸水不足所致。然而专家们依旧没能找到突破口，因为这些年浮来山及其周围的环境保护很好，周围环境只能说一年更比一年好。要说是因为天气干旱，那也不对，因为今年浮来山地区的降水与往年基本持平。

那到底是什么原因呢？找不到原因，难道只能眼看着大树一天天落叶、枯死？这可把景区领导急坏了，各级领导知道后，也愁坏了，要是这样一棵几乎与我国文明史齐寿的大树枯死在我们这一代人手中，那我们岂不成为千古罪人？

总不能任由大树的叶子在一天天变黄、掉落吧！大家都想为大树做点什么，却不知道做什么好。临近 8 月份，整棵大树树冠高处的叶子几乎都枯萎了。

屋漏偏逢连夜雨，8 月初，台风"达维"来了，台风从山东过境，对莒县造成的巨大破坏，几乎史无前例的：大树倒折无数，房屋倒塌几百间，很多乡村道路交通中断，大量农作物绝收。当然，浮来山也未能幸免于难，山上合抱粗的大树都被吹倒或吹折近百棵。

银杏树会怎么样呢？台风过后，景区管理人员急忙到定林寺内查看，人们吃惊地发现，大树竟然毫发无损，甚至连一根小树枝都没掉。

这怎么可能？怎么会这样？景区工作人员恍然大悟，这应该是与大树顶部的叶片枯萎了有关，要是像往年那样枝繁叶茂，大树肯定难逃一劫。更加让人感到奇怪的是，"达维"台风过后，这棵古树竟然一改衰态，很快就长出了很多新叶，整棵树也重新焕发出勃勃生机。

这是莒县"天下银杏第一树"在 2012 年的一次真实经历，到底是造化的巧合保全了这棵千年古树，还是几千年的风雨洗礼已经让这棵奇树本身拥有了灵性，似乎谁也说不清。

将 军 岭

将军岭是山东东南部的一座高山，山两面临水，一面异常陡峭，只有北坡平缓并靠近大路。因地势险峻，位置特殊，成为历代兵家必争之地。关于将军岭，故事很多，讲 3 个给大家听。

第一个故事发生在 20 世纪 40 年代。当时将军岭上盘踞着一股土匪，土匪曾投靠日军，装备精良，难以攻克。八路军为增强战斗力，将鲁南地区两个独立营及部分区中队合编为"滨海军区独立第三团"，原独立营营长曹庭担任该团政治处主任。军队合编之初，战斗力不强，曹主任积极开展拥政爱民及练兵工作，收效显著。

几个月后，上级决定再次进攻将军岭，曹庭担任前敌指挥。战斗开始前，曹庭确定了一条水路迷惑、陆路进攻从而分散敌人火力的作战计划。战斗一开始，曹庭就身先士卒，带领士兵冲杀在最前线。经过一昼夜苦战，终于突破土匪防线，接着双方展开了激烈巷战。这时一颗炸弹飞来，随着一声巨响，曹庭的一条腿被炸去。被抬下阵地醒来后，曹庭第一句话就问,敌人消灭了没有。知道我方已经胜利后,他微微一笑便停止了呼吸。那年曹庭才 33 岁。

其实,最令人感慨的是,战斗开始前,曹庭就已接到调他到省政治部工作的调令了,因为大战在即,他又熟悉部队和地形,就主动请求攻下将军岭再去上任。有人说,要不是在这次战斗中牺牲了,曹庭日后一定能成为一位真正的将军。

第二个故事发生在 20 世纪 70 年代。那时将军岭附近的道路上偶尔会有劫道的,劫道之人是一位武艺超群的高手,能把一根数百斤重的大铁棍耍得呼呼生风,我们姑且称之为铁棍将军。那时红卫兵经常深更半夜串联,铁棍将军的出现让岭上红卫兵的活动少了很多,这倒幸福了岭上的居民。这晚有一队红卫兵在几个大人带领下准备上岭,碰巧与将军相遇,将军大喝一声,很多人立即抱头鼠窜。也有想继续前进的,将军端坐路边,一动不动,一只手擎起又长又粗的铁棍,横在了路上。一只手能拿得动这么粗的铁棍,将军得有多大力气!所有人都调头逃跑。

几年后,将军出事了。将军不知被什么人打死了。当岭上的人们在某天早上发现将军时,他早已被打得血肉模糊,这时人们才发现将军的大铁棍只是一根染了色的梧桐杆子,所谓将军竟是岭上的一个瘫子。瘫子平日靠双拐行动,与 80 多岁的老母亲相依为命,艰难度日。

其实,瘫子除了劫财,并没干别的坏事,他劫道多数都是把那根梧桐杆子向路上一横就可以了。偶有准备反抗的,他再大喝一声,还需要我起来吗?就基本搞定。有人说,瘫子虽然死得惨,但他超人胆量和大喝一声时的气势,比将军还像将军。

第三个故事是最近几年才发生的。有一家大公司看上了将军岭的优越位置和文化底蕴,把将军岭的开发权整体购买了下来,准备进行旅游开发。开发之前需要对岭上的住户进行搬迁,因为给搬迁户的待遇很差,住户们都不愿意搬,开发公司就强行拆迁。

有位姓曹的老人眼看推土机就要推倒自己的房屋,就爬上房顶骑上屋脊不肯下来。开发公司软硬皆施依旧没有成功,就想出了更狠毒的招数,用挖掘机在房屋周围挖上了又深又宽的沟。想不到老人依旧死死地趴在屋顶。

坚持两天两夜后,老人已经奄奄一息。这时,碰巧有位拍客看到了这一场面,于是拍成视频放到网上。视频很快引来上百万点击量,网友义愤填膺,痛斥有关部门。有关部门很快制止了这家公司的强拆行为,并对已被强拆的住户进行了赔偿。事后证明,这家公司搞开发的手续根本不全,说白了就是非法开发。将军岭上欢声雷动,众人齐呼老曹为将军。

这日到将军岭游玩的我,津津有味地听完了一位老人讲的这三个故事。就在我意犹未尽时,老人忽然问我,他们谁更像将军。我说都不像。老人立刻不高兴起来,他顿了顿说,他们都是将军,他们都有一种将军的精神,你再好好体会体会,尤其是最后那个老曹。我略加思考说,体会不出来。

老人立即现出非常不屑的表情,并自顾自地抽起旱烟。过了好久,老人才说,老曹的精神在于明知身处劣势,却依然全力固守,并坚信正义必胜。

真想不到老人概括得这么好,我立即竖起大拇指并问其余两位呢,老人很不好意思地笑笑说,那我就不知道了,反正我们这地方的人也管他们叫将军。

后来我才知道,这位老人就是老曹。论辈分,他应该管那位以身殉国的曹庭叫叔叔。

雷专家鉴宝

是那次电视鉴宝节目让雷专家成了专家。

雷专家喜欢收藏。本来,他是带了古董到省电视台参加鉴宝节目的,但电视台原来请的某个专家碰巧有事不能到场,电视台就临时找雷专家凑一下数。电视台让雷专家尽量少说话,想不到雷专家逮住这难得的机会侃侃而谈,表现得比几个真专家还像专家。

节目播出后,雷专家一下成为远近闻名的鉴宝专家,各地前来求他鉴宝的人络绎不绝。偏偏雷专家不太好意思拒绝别人,当然,更不好意思说自己根本不是什么专家,于是将错就错地为别人鉴起宝来。

"这样下去,实在不是办法,还不如干脆开一家鉴宝并收售古董的古玩店,这样,咱有收入,前来鉴宝的人也不至于不好意思!"这天,妻子提议。

雷专家觉得妻子的想法很有创意,于是立即付诸行动,半个月后,"老城古玩店"就风风火火地开张了。不用说,古玩店生意相当好,县城其他同类店铺几乎没了生意。

不仅如此,还经常有电视台来找他做节目,雷专家当然来者不拒,因为他已尝到做节目的甜头了。由于不断做节目,雷专家的现场互动能力和语言表达水平也越来越高了,他讲话幽默风趣,富有煽动性,很受观众欢迎。

雷专家仿佛成了真正的专家，他自己也时时处处以专家自居。

雷专家虽然水平不高，鉴宝却能十拿九稳，因为他坚持一个原则——除非有把握，从不说人家的东西是真品。也许雷专家抓住了这个时代的核心特点——这本来就是一个赝品时代嘛！

这日，雷专家正在店中翻看一本收藏类书籍，一位面色白净的中年人悄无声息地来到店里，他拉开提包，拿出一个黄釉瓷碗。瓷碗釉层薄厚不均，釉色浓淡不一。由于有多处剥釉之处，整个碗显得既粗糙又缺乏美感。

雷专家微微一笑，戴上手套，拿上放大镜，翻来覆去地研究起来。十多分钟后，雷专家滔滔不绝地评论开来。

雷专家讲得口若悬河，客人听得一脸茫然。最后，雷专家用非常通俗的话说："这个碗，是值不了几个钱的仿制品。"

来人并没有流露出雷专家想象中的失望之请，而是不慌不忙地从包内拿出一份鉴定书，雷专家一看，这竟然是中央电视台鉴宝节目的一份鉴定书，上面说这是地道的唐代寿州瓷碗。

雷专家知道中圈套了！

天虽然早已很凉了，但大颗大颗的汗珠还是立即从雷专家额头滚落下来。

第二天，这段充满讽刺意味的视频就在网上迅速传播开来。此后，网上揭露雷专家是虚假专家的帖子铺天盖地而来，县城也到处贴满了揭露雷专家身份虚假的各种小报。

雷专家名声扫地，他的店铺也变得门可罗雀。

此后，先后有几个著名收藏家前来打听并打算收购那只瓷碗，但他们看过之后，纷纷摇头而去。

瓷碗持有者为了证明自己的瓷碗是真品，只得再次到外地请专门研究古瓷的更权威专家鉴定。专家鉴定后说，这是明代造假者仿制的赝品，与真品不可同日而语。看来，也许是鉴宝节目的专家看走眼了！

消息传出后，雷专家再次名声大振。人们都说雷专家的水平比中央电视台的专家还高，从此再也没有人敢怀疑雷专家，于是雷专家成了名副其实的专家。

网购是一堂深奥的课

老公，今天我又赚了，你看这包多漂亮，从商场买，接近 1000 元，我从网上只花了不到 300。这晚，雷军刚回家，妻子燕子就提着一个漂亮的皮包炫耀道。

好呀！好呀！雷军推了一把妻子，脚步踉跄地朝沙发走去。叫你少喝，你就是不听。天天喝成这样，身体怎么受得了？看到丈夫这样，燕子顿时变得有些失落。

我也不想多喝呀，你不知道今晚和我喝酒的都有谁！雷军边说边把稍显肥胖的身子跌进了沙发里。

我不知道，我也不想知道。燕子说着就去给雷军倒水，等燕子端来水，雷军已经呼呼地睡着了。

燕子叹了口气，就急忙回到电脑前，寻找起中意的商品来。几个月前，同事从网上花 50 元买下了本来价值 1000 多元的皮大衣，在同事间引发了关于交流网购战绩的热潮。燕子这才发现，几乎所有的同事都在网购,而自己对网购一点都不懂。也就是从那一天起,她决定尽快学会网购。以后几个月时间里,燕子几乎把所有的能够支配的时间都用来网购,于是家中各式各样的东西渐渐多了起来。

这日,当燕子选中了一件商品准备付款时,网银提示她的钱不够了。不够了?这可是3万多元呢!怎么会这么快就花完了,是不是被人盗刷了。燕子急忙查看自己的交易记录,不看不要紧,一看吓一跳,自己确实在两个月里花了3万多元。

真是不可思议!燕子吓出了一身冷汗。要不是因为网络购物,这些钱她一年都花不了。

她一件件翻看着从网上买来的东西,这才猛然发现,其实这些东西,很多她压根就没用过。也就是说,多数东西是可有可无的。所以当自己买下一件东西时,表面上看是赚了,其实是亏了。燕子第一次认识到,赚与亏的关系,竟是这样微妙。

花了这么多钱,总得向丈夫说一下才好。但怎么向丈夫说呢?她完全可以编一个理由蒙混过去的,这对她来说,并不难,毕竟家中的钱是由她来管理的。但她又觉得那实在不好,经过一番考虑,他决定和丈夫实话实说。

那晚,丈夫听完她的解释后,并没有她想象中大发雷霆,而是一动不动地望着天花板,发呆。

你生气就打我好了,你不说话,我更害怕!燕子有些紧张地说。

我不生气,吃亏长见识,下次别再犯类似的错误就好了!丈夫大度地说。

我看你怎么怪怪的,是不是有什么心事?燕子小心翼翼地问。

没有,没有,睡吧!雷军急忙说。

两年后,局长因为经济问题被拿下,几个副局长多数都受到了牵连,唯独雷军因为异常清廉而被提拔为局长。

局里出了这么大的事，我真担心你会出事，想不到你还被提拔了！这晚，燕子偎依在雷军身边说。

你丈夫是什么样的人，你还不知道？雷军挺了挺胸膛说。

我才不信呢！说实话，你到底玩了什么手腕，让你躲过了这一劫？燕子质问丈夫。

说实话，我真的没干任何对不住党和政府的事。不过这还是多亏了你。几年前，面对层出不穷的诱惑，我也差点犯错误，是你那次喜欢上网购挽救了我。雷军说。

我网购与你有什么关系？燕子有些吃惊地问。

关于网上购物，你不是说过吗，很多时候，表面上看是赚了，其实是亏了。也就是从你告诉了我这句话开始，我认识到不赚才是最大的赚！雷军搂着妻子的肩膀说。

很长时间以来，只要一提网购，燕子就觉得浑身难受。她实在想不到那段网购经历竟然挽救了丈夫。这时，她猛然觉得网购还是挺招人喜欢的，于是再次开始了网购生涯。不过，现在她购物时已经非常理智了。

无处不在的侦察员

周警官和别的警察赶到事发现场后，就看到倒在血泊中的孙丁。

据查看，孙丁是脑部中弹，持枪射击者像一个高明的狙击手，子弹打得非常准确。孙丁是刚刚走下轿车,准备往楼上走的时候中枪的。看得出,这是一次设计精密的谋杀。

周警官仔细分析了现场的环境,离孙丁中弹处不远的对面,有一座废弃的烂尾楼,射击者很可能就是藏在这幢楼里面的。从孙丁中弹时的位置以及子弹的入射角度来分析,周警官很快就断定了射击者的具体位置。于是他们快速爬上了那座楼,可是那个谋杀者显然是经过周密的设计,那个地方虽说明显有人活动过,但是没有留下任何有价值的痕迹。

看来,只能从别的角度对案件进行侦破了。

孙丁是 N 城非常有影响力的企业家,他的集团公司之下有数个分公司,所涉及的行业很多,他的社会关系与人际关系也非常复杂,所以要想快速确定犯罪嫌疑人及其作案动机,显然是非常困难的。

因为孙丁的特殊身份,他被谋杀的消息在 N 城很快传播开来,有关部门希望能够快速侦破案件并给公众一个说法。于是局里迅速抽调精干人员成立了专案组,以便快速破案。

专案组分成几个小组分头行动,经过一上午的排查,初步确定了几个犯罪嫌疑人。一方面为了避免打草惊蛇,另一方面是因为这几个人多数是有头有脸的人物,不便直接对它们进行调查,案件的侦破工作再次陷入僵局。

因为周警官还是负责从现场搜集证据,他再次爬上了那座烂尾楼,在那个地方仔细查看,他不相信犯罪分子会如此狡猾,竟然一点线索都没留下。可是他努力了好久,依旧没找到有价值的线索。

这是一个闷热的下午,屋顶的墙壁由于直接受到太阳的照射,非常烤人,四周的热浪也不停地向烂尾楼扑来,周警官感觉自己仿佛在蒸笼里一般,偏偏又有一些个头很大的黑蚊子不停地围着自己盘旋,并不时叮咬自己,弄得他更加烦躁了。

他不停地拍打着落在身上的蚊子,每当拍死一个已经吸了血的蚊

子,手上就会沾上一些鲜血。一段时间之后,他发现自己的手上已经血迹斑斑了。

如果那位杀手埋伏在这里,蚊子难道不会叮咬他? 可不可以从这个角度切入呢! 有了这个想法之后,周警官兴奋不已。

他仔细查看现场周围的墙壁,很快就发现了几只已经吸饱了血的蚊子,他小心地抓住了五六只蚊子,并把这些蚊子带了回去。经过化验,除了两只蚊子身上的血的 DNA 与周警官的相同,别的蚊子身上都有相同的 DNA,也就是说这些蚊子吮吸的血液很可能就是射击者身上的。

于是,整个案件的侦破顿时变得柳暗花明起来,很快,公安机关就锁定了犯罪目标,并迅速将犯罪分子抓获。

暗杀孙丁的人是孙丁一个外地的生意伙伴 (名字叫衣一苇) 派来的,衣一苇与孙丁有很复杂的交易和关系,所以就想通过暗杀孙丁来获得自己想得到的利益。行凶者是当地人,因为有犯罪前科,找不到工作,被雇来担任杀手。

第二天,正在办公室给下属开会的衣一苇,就被捉拿归案了。在接受审查时他目瞪口呆,他实在想不到公安机关这么快就找到了自己。一开始,他还拒不承认,可是在铁的事实和证据面前,他只能低头认罪。

"为了谋杀孙丁,我精密计划了一年,为了等待时机又用了 3 个月,我认为我的谋杀方案可谓天衣无缝,你们竟然只用一天就破了案,这简直是不可思议! 告诉我,你们是怎样破案的,也好让我死得明白! "衣一苇如实交代完一切后问道。

周警官淡淡地笑了一下说:"是我们无处不在的便衣侦察员帮我们破的案,他们在行凶者毫不在意的前提下抽取了他身上的血液。"

"真不该找这个笨蛋,被人提取了血液还毫不知情! "衣一苇痛苦地不停甩打着手铐说。每一次甩动,那手铐都发出令人不寒而栗的脆响。

无人知道的善举

晚上 11 点多,大街上行人渐渐少了,雷亮慢慢开着车,寻找可能打车的人。寒风呼呼地吹着,天上乌云黑压压的,似乎随时都会有大雨倾盆而下。这时,路边一位踉跄而行的少女引起了他的注意。

喂!要不要坐车?雷亮把车停在了女孩身边。

去海边灯塔!女孩犹豫了一下就上了车。

出租车的灯光像两把利剑刺向无边的黑暗,而城市的灯火辉煌慢慢成为越来越淡的背景。风很大,不断涌起的巨浪猛烈地撞击着岩石。海边一个人也没有,只有盏盏照明灯像点点萤火。

车停下了,雷亮打开开里的灯,女孩急忙去推车门,雷亮忙说,你应该忘了什么东西吧!

忘了什么?少女惊疑地回过头来。

你不会不知道坐出租车需要交钱吧!雷亮笑着说。

女孩白了司机一眼,匆匆从包中拿出 100 元钱,司机摆了摆手说,不够。

怎么不够?平日坐车根本用不了 100 元呀!少女说。

可这不是平日啊!这是夜晚,并且还要起台风,要不是我心好,谁会送你到这鬼地方!至于车费,当然比白天高。你还有多少钱?司机问。

少女翻来覆去地找，可是再也找不出更多的钱了。

没有钱，别想占我的便宜，100元钱顶多能走一半的路程。我宁愿把你拉回去也不让你占了我的便宜。司机说。

你怎么这么黑呀！拉回去，对你有什么好处？你就算做件好事，让我下车行不行？少女哀求道。

都像你这样，我们开出租的还怎么混呀！现在的油价这么贵，你以为这车可以烧自来水呀，再说，自来水还要花钱呢！无论如何，我得把你拉回去。司机说完就掉转车头，迅速地往回开去。

无论少女怎么哀求，司机就是无动于衷。

半个小时后，少女重新被拉回了起点。少女一下车，司机就加大油门扬长而去。少女无奈地站在路边，泪水瞬间流了一脸。

第二天，雷亮在本市的晚报头条读到一条新闻，新闻的大意是，黑心司机因为车费不足，把拉到目的地的少女重新拉回并扔到路边，然而碰巧那位少女企图到海边自杀，女孩被拉回后很快被随后找来的民警和家人将找回，歪打正着救人一命。

雷亮看过新闻，笑了。原来，他当时看到少女神情沮丧，那个时候一个人去海边极不安全，害怕她出什么事，才故意找借口将她拉回来。至于她被民警和家人找到的事，他也早就知道了，因为昨晚他把少女放在了一处路灯很亮的地段，自己开车离去后又很快调转车头，停在暗处一直密切注视着她的情况……